식물 없는 세계에서

우리학교 소설 읽는 시간

식물 없는 세계에서

초판 1쇄 펴낸날 2024년 1월 12일
초판 2쇄 펴낸날 2024년 5월 31일

지은이 김주영
펴낸이 홍지연

편집 홍소연 이태화 김선아 김영은 차소영 서경민
디자인 이정화 박태연 박해연 정든해
마케팅 강점원 최은 신종연 김가영 김동휘
경영지원 정상희 여주현

펴낸곳 ㈜우리학교
출판등록 제313-2009-26호(2009년 1월 5일)
제조국 대한민국
주소 04029 서울시 마포구 동교로12안길 8
전화 02-6012-6094
팩스 02-6012-6092
홈페이지 www.woorischool.co.kr
이메일 woorischool@naver.com

ISBN 979-11-6755-250-1 43810

• 책값은 뒤표지에 적혀 있습니다.
• 잘못된 책은 구입한 곳에서 바꾸어 드립니다.

만든 사람들
편집 서경민
교정 김미경
디자인 박태연

김주영 장편소설

식물 없는 세계에서

우리학교

차례

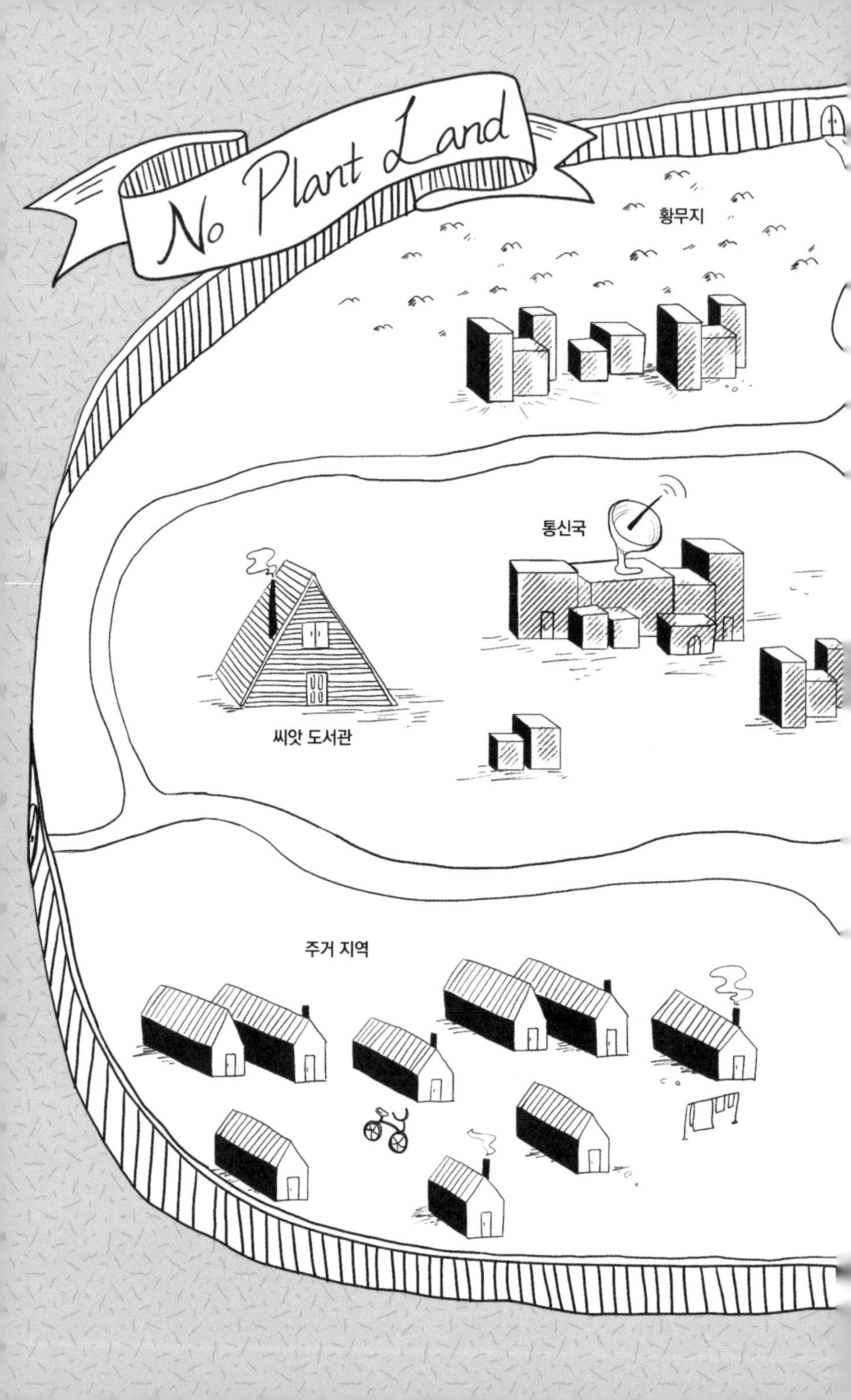
No Plant Land
황무지
통신국
씨앗 도서관
주거 지역

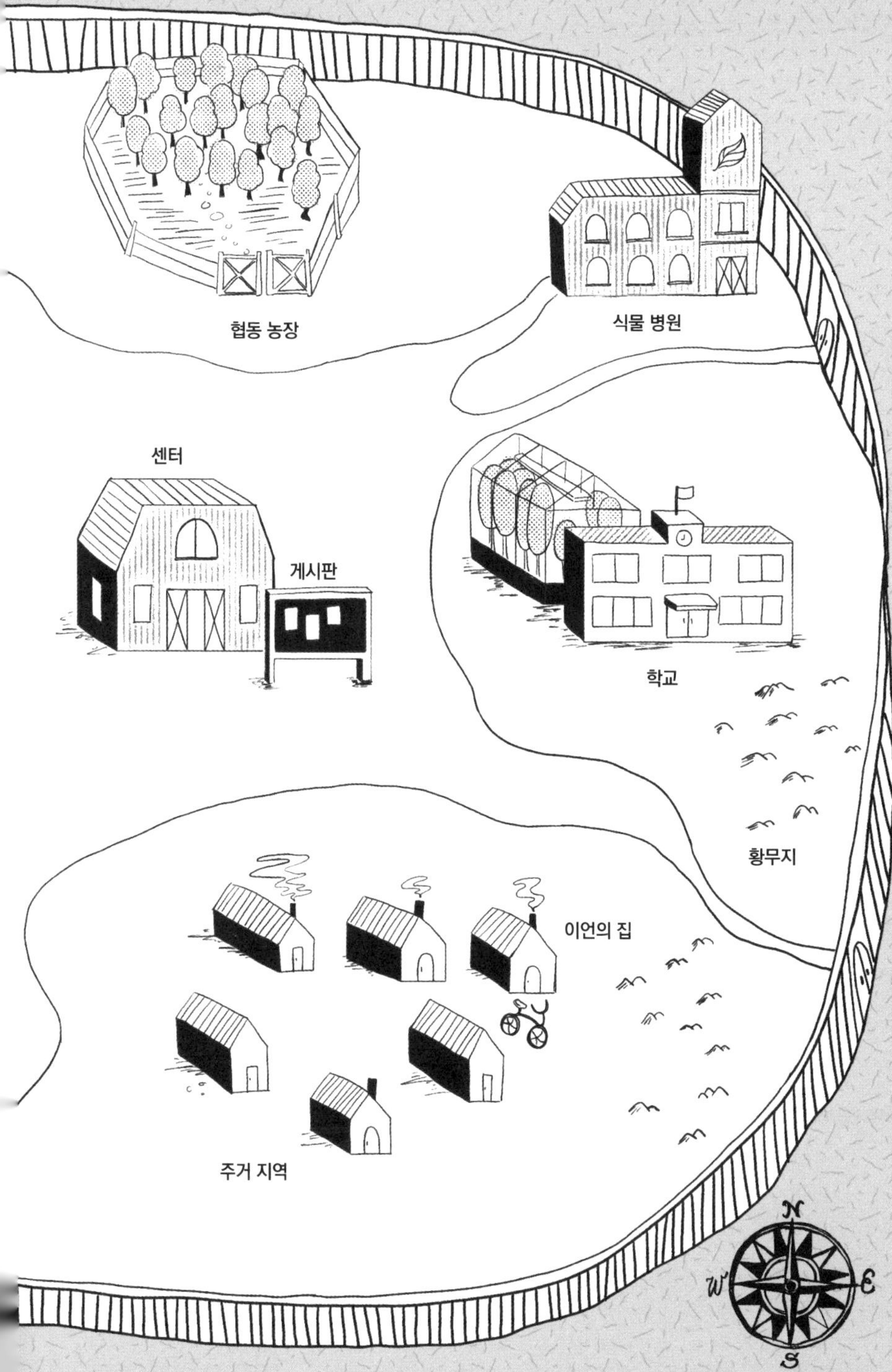
협동 농장
식물 병원
센터
게시판
학교
황무지
이언의 집
주거 지역
N
W
E
S

1

"또 죽였어?"

머리 위에서 충격 받은 목소리가 들렸다.

'네. 또 죽이고 말았습니다.'

고개를 푹 숙이고 속으로 중얼거렸다. 같이 수업을 듣는 애들이 뒤에서 술렁이는 게 느껴졌다. 뺨이 뜨거웠다. 아마 내 볼은 귀하디귀한 사과 색깔로 변했을 것이다. 조상님들은 이럴 때 얼굴이 홍당무가 되었다는 표현을 썼다고 들었다. 나는 사진으로만 보았던, 그 홍당무 말이다.

"어쩌지?"

머리 위 목소리가 다시 한번 한숨을 푹푹 내쉬며 말했다. 이제는 귀까지 화끈거렸다.

슬쩍 고개를 들었다가 농업 선생님과 눈이 딱 마주치고 말았다. 언제나 서글서글하게 웃는 온화한 얼굴에 당황한 빛이 역력했다.

'아무리 그래도 나만큼 당황스럽지는 않겠지.'

나는 두 손으로 받쳐 든 수경 재배 트레이 위로 다시 고개를 떨궜다. 시들시들 힘없이 늘어진 긴 잎처럼 내 마음도 한없이 축 처졌다. 9학년 중에 아직도 수경 재배 과목 이수에 성공하지 못한 학생은 나뿐이다. 본래는 7학년에 이수했어야 할 과목인데, 낙제하고 또 낙제해서 벌써 3년째 배우고 있다. 올해도 통과하지 못하면 유급이다.

서당 개 삼 년이면 풍월을 읊는다는 조상님의 말씀처럼 3년째인 올해는 뭐라도 키워 내겠거니 하고 느긋했는데 이럴 줄은 몰랐다. 10학년으로 진급하지 못한다니. 상상만으로도 수치스럽다. 이대로라면 남의 도움 없이는 내가 먹을 작물을 재배하지 못하는 무능력한 시민이 되고 말 것이다. 그런 생각이 들면 심장이 조인다.

"수린이에게는 보였니?"

선생님은 시들어 버린 잎이 가여운지 살며시 쓰다듬었다. 나는 마침내 얼굴 전체가 화끈거리는 것을 느끼며 고개를 살짝 흔들었다.

수린 선배는 지역에서 농법 영재로 통하는데, 학교에서는 식물의 신으로도 불린다. 선배가 손을 대면 어떤 식물이든지 쑥쑥 자란다. 심지어 선생님이 포기한 식물도 선배를 만나면 마법처럼 살아나서 초록빛으로 영롱해진다. 엄청난 능력인데도 다들 당연하게 여긴다. 선배의 생물학적 엄마가 농법 천재였기 때문이다.

"일단 수린이 도움을 받는 게 어때?"

선생님이 내 과제 식물을 살피려고 물속에 집어넣었던 손을 빼며 물었다. 나는 속으로는 진저리 치면서 선생님이 도와주면 좋겠다고 말했다.

"수린 선배보다 선생님 실력이 훨씬 좋잖아."

내 말을 들은 선생님이 조금은 감동한 얼굴로 나를 바라보았다. 아이들이 평소 선생님보다 수린 선배 실력이 더 낫다고 수군대서 은근히 속상한 눈치였는데, 내 말을 듣고 기분이 좋은 것 같았다.

"그래, 아무리 수린이라고 해도 모든 식물을 살릴 수는 없지."

선생님이 큼큼 헛기침하며 말했다.

"응. 몇 번이나 죽이는 걸 봤어."

자포자기한 심정이어서 그랬는지 나도 모르게 해선 안 되는 말이 입 밖으로 나오고 말았다. 순식간에 주위가 조용해졌다.

'아차!'

분위기가 냉랭했다. 화분을 검사받고 서둘러 돌아가던 애들이 굳은 듯이 멈춰 서서 나를 바라보고 있었다.

"아니, 아니. 내 말은 해충을 약으로 죽이는 걸 본 적 있다고."

손사래를 치며 급히 얼버무리며 수습했다. 몇몇 애들은 불쾌한 표정을 감추지 않았지만, 슬쩍 나를 노려보며 지나가는 선에서 끝났다. 선생님이 있어서 천만다행이었다.

애들이 모두 교실에서 나가기를 기다렸다가 선생님한테 수린 선배에게 가 보겠다는 말을 남기고 후다닥 뛰쳐나왔다. 선배가 식물을 죽였다고 오해할 수 있는 말을 했다고 나를 벼르며 기다리는 애들이 있을까 봐 걱정했는데 다행히 그런 애들은 보이지 않았다.

지금쯤 수린 선배는 아마 학교 뒤편에 있는 온실에서 식물을 돌보고 있을 것이다. 어제까지 온실은 식물 상태를 평가하는 날을 하루 앞두고 수린 선배를 찾아온 학생들로 북적였다. 선배에게 요령을 물으러 온 학생들이었다. 평가가 끝난 오늘은 온실이 좀 한산할 듯했다.

트레이가 점점 무겁게 느껴졌다. 온실 쪽으로 다가가는 동안 예상대로 아무도 보이지 않았다. 트레이를 내려놓고 온실 문을 열었다. 후텁지근한 공기가 훅 밀려왔다. 딱 질색인 느낌이다. 마음 같아서는 온실 안으로 들어가고 싶지 않다. 그렇지만 도움을 받으려면 어쩔 수가 없다. 거의 시들어 버린 과제 식물을 가만히 내려다보다가 한숨을 쉬며 트레이를 다시 들어 올렸다.

학교 온실은 식량이 되는 작물 일체를 생산하는 협동 농장의 축소판이다. 길쭉한 직사각형 모양으로 생긴 수경 재배 트레이들이 천장까지 일정한 간격을 두고 매달렸다. 태양을 대신하는 인공광부터 급수, 온도 조절까지 모든 과정이 반자동으로 이뤄진다. 주로 고학년생이 여기에서 재배 실습을 하는데, 거의 수린 선배가 온실을 관리하다시피 했다.

불쾌하게 달라붙는 후텁지근한 공기를 헤치며 온실 깊숙이 들어가자, 고개를 숙이고 집중해서 일하는 수린 선배의 뒷모습이 보였다. 질끈 한 가닥으로 동여맨 긴 머리카락이 좁은 어깨 사이로 허리까지 내려왔다. 초록색으로 물들이면 아래로 뻗은 식물 잎사귀처럼 꽤 멋져 보일 것이다.

"수린."

지역어로 조그맣게 이름을 부르자 열심히 움직이던 선배의 손이 멈췄다.

"선배, 라고 붙여야지."

수린 선배가 고개를 돌리고 나를 노려보며 말했다.

"네, 네. 선배님."

마지못한 나의 대꾸를 들으며 선배가 손에 묻은 흙을 툭툭 털었다.

사회나 학교에서 사용하는 공용어에는 존댓말도, 선배나 언니 또는 오빠 같은 호칭도 없다. 나이 차이 때문에 관계가 불평등해지면 안 되기 때문이다. 당연히 지역어를 쓸 때도 호칭 없이 이름으로만 불러야 하는데, 학교에서는 선생님이 있는 자리에서만 그렇게 한다. 처음에는 지역어를 쓸 때도 소신 있게 선배의 이름을 불러 대던 나였지만, 7학년부터는 절대 그러지 않는다. 급진 평등주의자인 할머니가 이 사실을 알면 기절할 거다. 그래도 친구들 틈에서 살아남으려면 어쩔 수 없다. 게다가 특히 오늘은 선배에게 최선을 다해 잘 보여야 한다.

선배가 내 쪽으로 몸을 돌렸다. 매서운 눈초리가 내 손에 들린 트레이를 훑었다.

"저기, 선배."

말을 이으려는데 수린 선배가 말을 가로막으려는 듯이 손바닥을 앞으로 불쑥 내밀었다.

"틀렸어. 가망 없다고."

흘낏 보고는 바로 사망 선고를 내리다니, 너무했다. 내가 죽어 가는 식물을 들고 처음 부탁하러 왔을 때는 상냥한 얼굴로 괜찮을 거라고 위로해 주었으면서. 죽어 가는 식물을 살리려고 며칠이나 관찰했으면서. 그러다가 결국 식물이 죽었을 때, 선배가 깊은 슬픔에 빠졌기 때문에 나는 한동안 죄책감을 느꼈다. 그런데 지금은 그때 선배의 감정이 슬픔이 아니라 좌절감이 아니었을까 의심한다. 식물의 신으로 불릴 만큼 인정받는 농법 영재가 처음으로 식물을 되살리지 못하고 죽인 거였으니까.

눈앞에 서 있는 선배의 저 냉정한 눈빛은 그 뒤로 식물을 몇 번이나 더 죽이며 차차 생겨났다. 선배는 마침내 자신의 한계를 인정하고, 자기 손으로도 어쩔 수 없는 식물의 죽음을 받아들이면서 겸손해졌다……기보다 성격이 나빠졌다.

“넌 이미 살식마의 길로 들어선 지 오래야.”

선배의 말이 칼처럼 훅 마음을 찔렀다.

“나는 평범한 인간이 죽인 식물은 살려도 식물 전문 킬러 손에 죽은 식물은 못 살려.”

꼭 내가 고의로 죽였다는 말처럼 들렸다. 눈물이 찔끔 났다. 억울하다. 나도 죽이지 않고 풍성한 초록빛으로 길러 내고 싶은 마음이 굴뚝같은데, 다들 나보고 가망 없는 살식마라며 수군댄다.

“일부러 죽인 거 아니에요.”

기어들어 가는 목소리로 조그맣게 말했다.

“고의든 아니든, 나는 못 살려.”

수린 선배가 엄숙하게 선언했다. 선배와 나 사이는 어쩌다 이렇게 됐을까? 다른 애들은 이런 모습을 본 적이 없어서 선배가 이토록 냉정한 사람이라는 걸 모른다. 내 과제 식물 여럿이 선배의 손에서 마지막을 맞았지만, 여전히 선배는 못 살려 내는 식물이 없는 우수한, 온화하고 성격 좋은 사람으로 통한다. 그런데 살식마라 불리는 내겐 차갑기 그지없다.

서러웠다. 나도 모르게 어깨를 잔뜩 웅크렸다. 선배는 그런 나를 보고도 아무 말이 없었다. 예전엔 희망적인 말이라도 건네 왔는데 이젠 어떤 위로도 해 주지 않는다.

"트레이 두고 가지 마. 갖다 버릴 거니까."

수린 선배가 그만 나가라는 듯이 툭 말을 던졌다. 그러고는 몸을 돌려서 다시 일을 했다. 나를 도와줄 생각이 전혀 없어 보였다. 아니, 도울 방법이 정말 없는 거겠지. 그 모습을 물끄러미 지켜보다가 그만 절망적인 기분으로 물러 나왔다.

어느새 해가 지고 있었다. 점점 붉어지는 하늘을 트레이를 손에 든 채로 멍하니 올려다보며 터덜터덜 걸음을 옮겼다. 왜 나는 제대로 할 줄 아는 게 없을까? 울적해졌다. 내가 잘하는 거라고는 고작, 한 번 읽은 책을 세세한 내용까지 잘 기억할 수 있다는 것과 예전에 세계 여기저기에서 사용되던 지역어 몇 개를 읽고 쓰고 말할 수 있다는 것 정도다. 정말 아무짝에도 쓸모없는 능력이다.

까마득한 옛날에는 이런 재능도 대접받는 시절이 있었다고 한다. 인공 지능이 막 개발되던, 인구가 많고 지역이 '국가'로 구분되던 시대 말이다. 그때 내 나이대 조상님들은 암기를 잘하면 우수한 학생 취급을 받았고, 국가로 불리던 지역의 언어를 나처럼 몇 개나 유창하게 하면 엄청 대단한 사람으로 여겨졌다고 한다. 그때 태어났으면 천재 소리를 들었을지도 모른다.

그러나 지금은 농업이 가장 중요한 시대다. 전쟁을 비롯한 온갖 복잡한 일을 벌인 조상님들은 우리에게 황폐한 환경과 먹을 수 있는 몇 종류의 종자만 달랑 남겨 주었다. 그 결과, 나처럼 식물을 제대로 못 키워 내는 사람은 살식마 취급을 당하게 된 거다.

수경 재배 과목을 이수하지 못하면 작물 재배와 관련된 다른 과목을 배울 수 없게 된다. 협동 농장 트레이에서 작물을 직접 키울 수 없으니까 내 꿈인 협동 농장 농부도 될 수 없다. 상상만으로 슬펐다. 시큰해진 콧등 때문에 훌쩍이며 엄마를 떠올렸다. 농업 과목에서 낙제할지 모른다고 하면 엄마가 뭐라고 할까? 벌써 한숨이 나온다.

2

엄마와 통화하기로 약속한 토요일 아침, 일찌감치 잠에서 깼다. 오랜만에 엄마 얼굴을 본다고 생각하니까 기분이 정말 좋았다. 설레서 눈이 저절로 떠진 것 같다.

토요일에는 조금 늦게 일어나는 할머니도 오늘은 일찍 잠이 깼는지 문밖에서 인기척이 났다. 이불 안에서 꼼지락거리는데, 다른 사람 목소리가 들렸다. 토요일 아침에 손님이 오는 일은 거의 없다. 게다가 그 이례적인 손님이 할머니와 대화하는 목소리가 심각했다.

"지난달에 약탈자들이 인근 지역을 습격하고 불을 지른 후에 도망친 거 알잖아."

가만히 귀를 기울여 보니 손님이 누구인지 알 것 같았다. 우리 지역 경비대 대장인 해나였다.

나는 '약탈자'라는 말에 놀라서 귀를 더 쫑긋 세웠다.

약탈자는 지역 사회 공동체가 재배한 작물과 보관한 씨앗을 훔쳐 가는 무서운 범죄 집단이다. 지난달에는 바로 옆 지역을 약탈하면서 그곳 협동 농장까지 불태우는 잔인한 짓을 저질렀다. 협동 농장이 없는 지역 사회 공동체는 이전처럼 식량을 생산할 수 없다. 완전히 복구하는 데는 몇 년이나 걸린다. 그때까지는 다른 지역에서 나오는 식량에 의존해야 하는데, 어느 지역이든 식량이 풍부하지 않은 탓에 충분한 양을 얻기가 힘들다.

그래서 약탈자에게 당한 지역 사회 공동체는 해체되는 경우가 많다. 모두 함께 모여 살던 지역은 텅 비어 버린다. 너무 슬프고 무서운 일이다.

"정말 약탈자였다면 협동 농장에 들어왔다가 그냥 나갔을 리가 없어."

할머니가 해나에게 대답했다.

'우리 지역에 약탈자가 왔다고?'

나도 모르게 마른침을 꿀꺽 삼켰다.

"그렇지만 경보기가 작동하지 않은 점이 이상하잖아. 대체 누가 경보까지 끄고 협동 농장에 몰래 들어갔겠어? 낮에 허가받으면 될 일인데."

해나의 목소리가 한층 낮아졌다.

내가 생각해도 너무 이상했다. 누군지 확인만 받으면 낮에 얼마든지 협동 농장에 들어갈 수 있다. 정말로 몰래 들어간 사람이 있다면 수상한 사람일 것이다.

"밤에 갑자기 작물을 살펴볼 일이 생겨서 방문한 사람일 수도 있지."

할머니는 해나만큼 심각하게 여기지 않는 듯했다.

그런데 대체 한밤중에 경보기를 끄고 찾아갈 만큼 작물에 급한 일이 뭘까? 식물과 친하지 않은 나로서는 전혀 짐작이 가지 않았다.

"다음 날까지 기다리면 작물이 급사하기라도 하는 사태가 있기나 해?"

그 말이 우스워서 피식 웃고 말았다. 식물을 급사시키는 것은 전교생 공인 살식마인 나도 아직 못 해 본 일이다.

"심각한 일이라는 건 알겠으니 더 조사해 봐."

할머니도 해나의 말이 웃겼는지 웃음을 꾹 참는 목소리로 말했다. 나는 두 사람의 대화가 끝나기를 기다리다가 배가 고파지는 바람에 참지 못하고 방문을 열고 나갔다.

"협동 농장에 약탈자가 들어온 거야?"

내가 묻자, 할머니와 해나가 갑자기 말을 멈췄다.

"약탈자라니 무슨 소리야?"

해나가 시치미를 뚝 떼고 모르는 척했다.

“아니, 좀 전에 두 사람이…….”

“이언, 오늘 엄마랑 통화하는 날 아니야?”

내 말이 끝나기도 전에 해나가 말을 돌렸다.

해나의 엄한 표정을 보니 더 묻기는 포기해야 할 것 같았다.

“응. 밥 먹고 통신국에 갈 거야.”

나는 하품을 하면서 두 사람 사이를 가로질러 주방으로 갔다. 해나는 내가 더 물을 생각이 없어 보이자 안심했는지 할머니를 구석으로 데려가서 속닥거렸다. 해나는 키가 크고 마른 몸집이어서 전체적으로 길쭉해 보인다. 엄마 친구여서인지 나를 친근하게는 대하지만 말수가 많지 않아 어렵게 느껴지는 사람이다. 한편으로는 신중한 사람 같아서 믿음직스럽다.

내가 밥을 다 먹은 뒤에도 두 사람은 내가 듣지 못하게 계속 목소리를 낮춰서 대화했다. 방해꾼이 된 기분이어서 나는 곧장 집을 나와 통신국으로 향했다.

너무 일찍 도착하는 바람에 엄마와 약속한 시간까지 30분이 넘게 기다려야 했지만, 지루하지는 않았다. 통신국 관리자 텔런이 함께 놀아 준 덕분이었다. 텔런은 신인류 시대에 인간에서 네트워크로 옮아간 존재다. 쉽게 말하자면 네트워크 속에 사는 인간이다. 할머니는 텔런 같은 전자 인간은 이미 인간이기를 포기한 존재라고 말하지만, 교과서에는 엄연히 ‘인간이 확장한 존재 형태’라고 적혀 있다.

신인류 시대에는 텔런처럼 몸을 포기하고 의식만 네트워크로 옮아가서 영원히 사는 존재 양식을 선택한 사람도 매우 많았다. 여러 시대를 거치면서 전자 인간은 완전히 삭제될 뻔했다가 위기를 넘기고 간신히 소수가 살아남았다. 이들은 중요한 네트워크도 관리하지만, 대부분은 사람들 사이에 이루어지는 통신을 담당하는 관리자다.

옛 시절의 텔런은 한 명이었지만, 지금은 통신망 관리를 위해 여러 명으로 복제돼 각 지역에 한 명씩 있다. 처음에는 여러 사람이면서도 동시에 한 사람이라는 설명을 이해하지 못했다. 그때 텔런은 이해할 필요 없다며 웃었던 것으로 기억한다.

— 또 죽였다고?

통화 시간을 기다리며 함께 노닥거리던 중에 텔런이 내게 물었다. 앞으로 몇 사람이나 똑같은 질문을 해 댈까? 그냥 말하지 말걸 그랬다. 사람들이 대개 그러듯이 으스대며 과제 식물을 잘 키우는 방법을 말할 줄 알았는데, 텔런은 그게 뭐 대수냐는 반응이었다.

— 사람마다 재능은 다 달라.

맞는 말이긴 했다. 그렇지만 나는 내게 없는 그 재능을 꼭 갖고 싶었다.

텔런은 이 시대가 지나면 작물 재배 능력이 아닌, 또 다른 재능이 필요할 거라면서 옛이야기를 들려주었다. 오랜 세월을 살아온 텔런의 이야기는 항상 신기했다. 인류의 존재 형태가 확장되던 시절에 로봇의 모습으로 진화하려고 했던 사람들의 이야기와 시간 여행이 유행했던 시대의 이야기가 제일 재미있었다. 내 계보를 탐색한 텔런은 먼 조상이 미래에서 온 시간 여행자라고 알려줬는데 진짜인지 확인할 길은 없다. 복잡한 시간 여행 이론은 딱 질색이어서 더 깊이 묻지도 않았다.

신기하고 풍요로웠던 조상님들의 시대는 기후 변화로 인한 전쟁과 전염병 때문에 점점 망하는 길을 걷다가 원점 시대라고 불리는 오늘에 이르렀다. 주로 식량 자원을 확보하기 위한 전쟁이어서 처음에는 토양을 오염시키지 않으려 했지만, 결국에는 이기기 위해 이런저런 방법을 사용하면서 토양이 심하게 오염되었고 복구하려면 아직도 갈 길이 멀다.

조상님들이 세계 곳곳에서 크고 작은 전쟁을 벌이는 동안, 인류가 이룩한 기술 문명은 파괴되고 사라졌다. 그나마 계승한 기술도 과거처럼 자원을 채굴할 방법이 없어 실제로 활용하기는 어려웠고, 시간 여행처럼 제한적으로 허용되었던 기술에는 자원 검약을 이유로 '절대 사용 불가' 딱지가 붙었다. 역사를 공부하다 보면 조상님들은 그냥 다 같이 죽자는 생각으로 살았던 것으로 의심된다. 그러지 않았다면 나는 오늘 과제 식물 키우기를 걱정하는 대신에 아무 가게에서나 한 종류 이상은 팔았다는 과일을 사서 냠냠 맛있게 먹고 있었을 텐데.

텔런은 자기도 내 조상님에 해당한다는 사실은 무시하고 나와 함께 열심히 조상님들을 욕해 주었다.

"혹시 어젯밤에 몰래 경보를 끄고 협동 농장에 들어간 사람이 있었어?"

신나게 떠들던 텔런이 갑자기 침묵했다. 사실 텔런은 아주 잠깐 입을 다물었을 뿐인데, 나에겐 그 침묵이 아주 길게 느껴졌다.

"약탈자일 가능성이 있을까?"

텔런은 내가 왜 그런 질문을 하는지 궁금해했다. 나는 아침에 할머니와 해나의 대화를 우연히 엿듣게 되었다고 털어놓았다. 텔런은 보고받지 않은 사실은 알 수가 없다면서 그 일에 관해서는 전혀 모른다고 했다. 거짓말 같았다.

그렇게 중요한 일이 일어났는데 텔런이 모를 리가 없다. 범인을 찾기 위해서라도 해나가 벌써 이것저것 텔런에게 물어 댔을 테니까. 텔런은 내 질문을 받은 해나가 그랬던 것처럼 다른 이야기로 말을 돌리더니 예약 시간이 되었다고 알려 주었다.

— 엄마와 즐겁게 보내.

그 말을 마지막으로 텔런이 사라지고, 엄마의 밝은 얼굴이 조그만 화면에 나타났다. 엄마 얼굴을 보면 이상하게 마음이 간지럽다.

수경 재배 과목 낙제 확정이 코앞이라는 말을 듣고도 엄마는 놀라지 않았다. 그럴 줄 알았다는 반응을 보이지 않으려고 무척 애쓰는 느낌이 전해졌다. 모니터 너머로 과제 식물을 바라보는 엄마의 시선에서는 애잔함마저 묻어났다. 식물보다 나를 더 걱정하는 거라고 애써 믿어 본다.

엄마와의 영상 통화는 한 달 만이다. 영상 통화 하는 날짜는 통신국에서 지정해 준다. 내가 아직 미성년자라서 보호자인 엄마에겐 한 달에 한 번은 반드시 나와 영상 통화 해야 하는 의무가 있다. 엄마는 항상 더 자주 나를 보고 싶어 하고, 그건 나도 마찬가지다. 그렇지만 영상 통화를 하고 나면 더 보고 싶어져서, 요즘에는 차라리 연락을 자주 하지 않는 편이 나을 것 같다는 생각마저 든다.

"또 죽였다고?"

엄마 뒤에서 얼굴을 쑥 내미는, 피부가 약간 가무잡잡한 사람은 엄마의 남자 친구 보한이다. 작물 재배 현황을 조사하려고 우리 지역에 몇 달 머무르는 동안 엄마와 사귀게 되었다. 엄마는 식물과는 큰 관련 없는 재활용 광산의 광부다. 조상님들이 버린 자원을 모아 놓고 쓰레기장이라 부르던 곳이 지금은 재활용 광산이라 불린다. 광부들은 재활용 광산에 있는 자원을 발굴해서 창고에 모은 다음, 쓸 수 있는 것을 분류하고 재생하는 일을 한다. 전혀 연결점이 없어 보이는 보한과 엄마가 만나게 된 이유는 순전히 보한의 춤 사랑 덕분이었다.

우리 지역으로 식물을 채집하러 왔다가 클럽에 들른 보한이

미친 듯이 춤추는 모습에 홀라당 반했다고 엄마에게서 들었다. 얌전해 보이기만 하는 보한이 신나게 춤을 추었다니 전혀 믿기지 않지만, 어쨌든 엄마 말은 그랬다. 보한은 엄마의 열정적인 성격에 반했다고 했다. 누가 봐도 보한에게 푹 빠진 듯한 엄마는 당분간 보한과 지내겠다며 할머니의 반대를 무릅쓰고 마을을 떠났다. 한편으로는 서운했지만, 할머니랑 사사건건 말다툼하던 엄마가 떠난 뒤로 평화로워진 집안 분위기가 썩 싫지는 않다.

"내가 보내 준 요령대로 해 봤어?"

내 품에 안긴 화분을 바라보며 보한이 조심스레 물었다. 나는 슬프게 고개를 끄덕였다.

정성껏 작성해서 보내 준 식물 잘 키우는 요령조차 내게는 아무 소용이 없었다는 사실에 식물학자인 보한이 절망하지 않기를 바랐다. 보한은 턱을 쓱쓱 문지르며 난감한 표정으로 식물을 아득히 바라보았다. 수린 선배와 완벽하게 닮은 표정이어서 오싹해졌다. 식물 전문가들은 살식마 앞에서 똑같은 표정을 짓게 되나 보다.

"유급 위기인 거, 할머니도 알아?"

엄마가 보한을 화면 밖으로 밀어 내며 물었다.

'더 부끄러워지기 전에 보한을 치워 줘서 고마워, 엄마.'

나는 속으로 고마워하며 고개를 흔들었다.

할머니가 알았다가는 폭풍 같은 잔소리가 이어질 게 뻔했다.

엄마는 미간을 잔뜩 찌푸린 얼굴로 다행이라는 듯이 고개를 끄덕였다.

"최대한 잘 숨겨 봐."

엄마는 자기 방 책상 맨 아래 서랍을 찾아보면 재생 섬유로 만든 식물 모형이 있을 거라고 했다.

"할머니는 세대가 달라서 요즘 과제 식물에 관해서는 무지하니까 한동안 속을 거야."

할머니를 속일 수 있다니! 엄마가 이렇게 대단해 보이긴 처음이었다.

"최선을 다해도 안 되면 씨앗 도서관에 가서 영린을 찾아 부탁해 봐."

방금 누구라고 했지? 영린? 잘못 들었나 싶어서 눈만 계속 껌뻑였다. 씨앗 도서관 관장인 영린은 할머니와 이 마을에서 어린 시절을 같이 보낸 사이라는데, 친구가 아닌 '원수'다. 딱히 할머니가 그렇게 말하진 않았지만, 영린을 대하는 태도를 보면 '원수' 말고는 다른 단어가 떠오르지 않았다. 심지어 할머니는 씨앗 도서관 근처로도 잘 지나가지 않았다. 어쩌면 할머니가 지역 협동 농장 책임자여서 그런 것 같기도 했다.

지역 협동 농장에서는 작물을 토양에서 재배하는 일에 부정적이다. 아직도 오염이 심각한 토양에서 생산된 작물이 사람에게 얼마나 심각한 영향을 끼치는지 자세히 설명하면서, 씨앗 도서관의 토양 재배 연구를 비난하는 내용을 지역 뉴스에 자주 발표하곤 한다. 그런 다툼은 할머니가 책임자가 된 후로 더 늘어났다. 할머니는 씨앗 도서관이라는 말이 나오면 인상부터 쓴다. 그런데 할머니가 원수처럼 여기는 씨앗 도서관장 영린을 찾아가서 부탁하라고?

"영린이 누군지 기억 안 나? 도서관 관장이야."

엄마는 내가 제대로 알아듣지 못한 줄 알고 말했다.

"이야기할 때는 지역어 사용하고, 꼭 영린 할머니라고 불러. 관장님이라고 하든지. 이름만 부르면 안 돼. 영린은 21세기 이전 문화를 존중하니까 할머니와는 반대야. 알지?"

알다마다. 21세기주의자인 영린과 달리 할머니는 나이로 호칭을 정하는 전통을 매우 싫어한다. 심지어 내가 할머니라고 부르는 것도 싫어한다. 나는 할머니라고 부를 때 서로 더 특별하고 가깝게 느껴지는데, 항상 이름인 '정하'로 불러야 해서 가끔 서운하다. 내가 어릴 때 할머니는 엄마라는 말도 못 쓰게 했는데, 엄마가 뭐라고 불리든 그건 자신이 결정할 문제라며 격하게 화를 낸 뒤로는 참견하지 않았다. 그래서 내가 원할 때는 언제든 엄마를 이름이 아니라 그냥 '엄마'라고 부를 수 있었다.

그런 할머니니까 학교에서 내가 '선배'라는 호칭을 쓰는 줄 알면 아마 기절할 것이다. 가끔 할머니와 분위기가 좋을 때면 학교에 그런 문화도 있다고 슬쩍 이야기하고 싶어지지만, 꾹 참는다.

학생들 사이의 바람직하지 못한 문화를 여전히 없애지 않는다며 당장 학교로 쳐들어갈까 봐 걱정해서다. 할머니라면 분명히 그럴 테니까.

“지역엔 별일 없어?”

내게 당부를 끝낸 엄마가 물었다. 나는 할머니와 해나가 쑥덕대던 이상한 일을 말하려다가 그만두었다. 확실하지도 않은 일인데 괜히 말하면 엄마를 걱정시킬 것 같았다.

“항상 조심하고, 과제 식물 때문에 너무 스트레스 받지는 마.”

엄마는 영상 통화가 끝날 때까지 계속 나를 걱정했다.

집에 함께 있을 때는 나더러 씩씩해야 한다며, 달라고 해도 관심을 주지 않더니 멀리 떨어져 있으니까 자꾸 내 생각이 나는 모양이다. 나도 예전엔 엄마가 내게서 떨어져 주기를 종종 바랐는데 요즘은 곁에 있으면 좋겠다. 아마 엄마는 연애가 끝나면 돌아올 것이다. 그렇지만 너무 일찍 돌아오지는 않았으면 한다. 할머니와 전쟁을 벌이고 나간 데다 지금 보한과 있는 엄마는 무척 행복해 보이니까.

통신국을 나와서 바깥에 세워 둔 자전거에 올라탔다. 산 뒤로 거의 넘어간 태양이 보였다. 길 옆으로는 황무지가 넓게 펼쳐졌다. 드문드문 자란 잡초 외엔 초록빛이 거의 보이지 않는다. 그저 거친 흙이 까마득히 멀리 보이는 산어귀까지 뻗어 나갈 뿐이다.

아주 오래전, 지금과 지형마저 달랐던 시대엔 가만히 두어도 온 세상이 초록빛이 되었다고 배웠다. 심지어 지금은 반쯤 물에 잠긴 지역에 '봄'이라는 계절이 왔을 때, 땅을 온통 뒤덮는 푸르름을 예찬하는 수필도 있다. 어떤 느낌이었을지 전혀 상상이 안 된다. 조상님들이 환경에 조금만 더 신경을 썼다면 우리도 그런 풍경을 볼 수 있었을 텐데, 아쉽다. 그렇지만 대기의 질이 너무 나빠서 방독면 같은 공기 정화기를 쓰고 다녀야 하는 시절은 지나간 뒤에 태어나서 다행이다. 여전히 공기는 맑지 않지만, 그래도 휴대 공기 정화기 없이도 숨을 쉴 수 있으니까.

울적해진 기분을 달래려고 돌아가는 길에 식물 병원에 들렀다. 식물 병원은 중앙 식물 연구소에서 각 지역에 도움을 주려고 만든 곳이다. 중앙 식물 연구소는 전 세계적인 연구소여서 각 지역에 어떤 식물이 사는지 조사하고 식물 지도를 만든다. 멸종된 줄 알았는데 갑자기 발견된 식물이나, 환경 오염과 기후 변화에 적응하면서 이상하게 변해 버린 식물도 모두 식물 지도에 실려 있다. 전 세계를 떠돌면서 각 지역의 식물을 조사하는 연구원들 덕분이다. 연구원들은 식물에 관한 지식이 많아서, 지역을 조사할 때 식물 병원을 세우고 작물을 비롯한 각종 식물을 돌보며 지역 사회 공동체를 돕는다.

1년 전에 우리 지역으로 파견된 식물 병원 원장님도 그런 연구원 중 하나다. 여기에 온 뒤로는 내가 죽인 식물을 다 거둬 준 분이다. 죽어 가는 식물을 엄마와 함께 처음 가져갔을 때, 원장님은 꼭 살려 주겠다고 약속하며 나를 달랬지만 약속을 지키지는 못했다. 엄마는 식물 병원 원장님마저 두 손 들게 할 정도로 철저하게 식물을 죽이는 재능이 있다며 한동안 나를 놀려 댔다. 그렇지만 원장님은 식물이 나를 원망하지는 않을 거라며 따뜻한 말로 나를 달랬다.

"할머니는 잘 지내니?"

원장님은 나를 보자마자 할머니 안부부터 물었다.

원장님의 통통한 얼굴과 둥글둥글한 몸매를 보면 기분이 좋아진다. 원장님은 그나마 할머니와 사이가 나쁘지 않은, 몇 안 되는 어른 중 한 명이다. 할머니와 잘 지내는 남자로는 유일하다. 외지에서 온 사람이라 할머니의 편견이 덜 작용했는지도 모른다. 물론 할머니는 원장님 역시 다른 어른들과 마찬가지로 속을 알 수 없는 사람이라면서 썩 좋게 생각하진 않았다.

하지만 원장님은 우리 지역 협동 농장을 비롯한 여러 식물을 돌보고 연구하는 일을 해 왔다. 씨앗 도서관도 원장님 도움을 많이 받는다. 지역 사람들에게 늘 친절한 원장님을 싫어하는 사람은 없다.

"차 마셔 볼래?"

원장님이 여러 식물을 섞어서 만들어 봤다며 붉은빛이 도는 차를 내놓았다. 냄새가 거북했지만, 원장님 성의를 생각해서 맛있다고 거짓말을 하며 남김없이 꾸역꾸역 마셨다.

원장님은 내가 과제 식물을 죽인 이야기를 끝까지 진지하게 들어 주었다. 몇 번이나 웃음을 참는 느낌을 받긴 했지만.

"열심히 노력하고 있으니까 성공할 거야."

원장님이 빈 잔을 치우며 격려했다.

물론 원장님이 도와주면 내 과제 식물은 강철처럼 튼튼하게 자랄 것이다. 그러나 식물 병원에서 직접 도움을 받는 것은 금지되어 있다. 조언은 받을 수 있지만, 그마저 살식마인 나에게는 별 도움이 되지 않았다.

원장님한테 위로를 받고 식물 병원을 나와서 다시 자전거에 올랐다. 페달을 밟자 앞쪽에서 가벼운 바람이 불어와 머리카락이 날렸다. 기분이 좋아져서 페달을 조금 천천히 밟으며 바람을 느꼈다. 그러다 문득 황무지 쪽으로 고개를 돌렸다. 조용하던 황무지에 최근 소음을 내는 기계들이 눈에 띄게 늘어났다. 엄마가 '괴물'이라고 부르며 싫어하는 기계들이다. 기계에는 '씨앗 도서관'이라고 적혀 있었다. 엄마는 땅을 흔드는 거대한 기계가 우르릉 우르릉 소리를 내는 모습이 화를 내는 할머니와 닮았다고 내게 말했다. 그런데 그 기계는 엄마가 설계했다. 자기가 그런 모습으로 만들어 놓고는 할머니를 닮아서 싫다니, 좀 어이가 없다.

기계가 움직이고 있는 땅에서 조금 떨어진 곳으로 눈길을 옮기자, 농사 기구를 들고 집으로 돌아가는 사람들이 보였다. 땅에서 다시 농사를 지을 수 있을지 연구하는 씨앗 도서관원들이었다. 그 사람들 앞으로는 전기 소 세 마리가 천천히 걸어가고 있었다. 씨앗 도서관에서 토지 경작을 연구하며 사용하는 인공 소였다. 재활용 센터에서 전기 소가 처음으로 완성됐을 때, 자기가 엄청나게 기여했다며 으스대던 엄마 모습이 떠올랐다. 엄마를 생각하니 코끝이 시큰거렸다. 시야에 들어오는 전기 소의 반들거리는 은색 표면에 석양이 반사되어 붉은빛으로 빛났다.

그때 도서관원 무리의 맨 끝에서 걸어가던 사람이 내 쪽을 향해 손을 흔들었다. 나는 대번에 누군지 알아보고 자전거를 세웠다. 우현이였다. 우현이는 손에 든 농기구를 옆의 어른들에게 건네고는 내 쪽으로 내달렸다. 작게 보이던 모습이 조금씩 커지더니 금세 얼굴을 알아볼 정도로 가까워졌다.

"어디 갔다 와?"

드디어 내 앞까지 다가온 우현이가 숨을 고르면서 물었다.

우현이는 또 키가 큰 것 같다. 나보다 작았을 때가 엊그제 같은데, 남자애들은 정말 키가 쑥쑥 자라서 부럽다. 이런 말을 할머니가 들으면 남자애의 키 따위는 아무짝에도 쓸모없는 거라며 화를 내겠지.

"식물 병원에 들렀다 집에 가는 길이야. 영상 통화 센터에도 갔었고."

"엄마?"

나는 고개를 끄덕였다.

우현이는 엄마가 보한 아저씨와 잘 지내는지 궁금한 모양이었다. 나는 두 사람이 아주 행복해 보여서 좋다고 대답했다. 우현이 나를 조금 묘한 표정으로 바라보더니 혹시 곧 동생이 생기는 거냐고 물었다. 잠시 멍해졌던 나는 곧 소리 내어 정신없이 웃었다. 할머니가 이 말을 들었다면 얼굴이 볼만했을 거다.

"내가 이상한 질문을 했어?"

우현이가 조심스레 물었다. 우리 가족 문화에 실례되는 말을 하진 않았는지 잔뜩 걱정된 모양이었다.

"엄마가 남자 친구와 동생을 만들진 않을 거야."

한참을 웃은 뒤에 간신히 진정하고 말했다.

"엄마는 여전히 단성 생식이 좋다는 주의거든."

이상한 질문이 아니니까 괜찮다는 말도 덧붙였다. 우현은 그제야 다행이라는 표정으로 웃었다.

우현이는 태어난 방식이 나랑 다르다. 우현이는 양성 생식, 그러니까 여성인 엄마와 남성인 아빠 사이에서 태어났다. 양성 생식인 경우도 인공 자궁을 이용하는 경우가 대부분인데, 우현이는 엄마 자궁에서 자라고 태어났다. 그 점은 나도 같다. 하지만 나는 단성 생식, 엄마가 자신의 난자만을 이용해 낳은 자식이다. 할머니도 단성 생식으로 엄마를 낳았다.

"요즘 학교는 재미있어?"

우현이가 물었다. 우현이는 학교에 다니지 않고 집에서 공부한다. 씨앗 도서관원인 집안 어른들이 살아가는 데 필요한 지식을 우현에게 직접 가르친다. 식량을 생산하는 도서관 농장에서 주로 어른들과 일하며 배운다. 우현이는 벌써 협동 농장에서 자신의 수경 재배 트레이를 나눔 받아 경작할 수 있는 자격도 얻었다.

씨앗 도서관에서는 토지 경작 연구에 관심이 많지만, 협동 농장과 협업해서 종자를 연구하고 생산하는 일도 한다. 협동 농장과 씨앗 도서관은 서로 엄청 싫어하면서도 함께 일하는 웃긴 사이다. 그리고 도서관장 영린은 바로 우현이 할머니였다.

씨앗 도서관을 운영하는 우현이네 집안은 '대가족'이며 이웃끼리 뭉쳐진 공동체로 시민 가족이다. 혈연으로 이어진 데다 셋밖에 안 되는 우리 집과는 다르다. 우현이네 가족 중에는 남자가 많은 편인데, 학교에 가거나 다른 직업을 가지는 대신 대개는 도서관원이 되어 주로 가족 농장이나 씨앗 도서관에서 일한다.

일부러 다른 직장이나 학교에 못 가게 막는 것은 아니다. 우현이도 학교가 싫어서 다니지 않을 뿐이다. 자리에 가만히 앉아서 수업을 듣거나 시험을 치른 후에 성적표를 보며 마음이 이랬다 저랬다 하는 게 싫다고 했다. 그러면서도 학교에서 있었던 재미난 일을 이야기하면 조금 부러워한다.

"요즘 학교는 별로야."

시들어 죽어 가고 있는 내 과제 식물과 코앞에 닥친 유급 위기를 떠올리며 암담한 심정으로 말했다.

"혹시……."

우현이는 뒷말을 이을지 말지 망설였다. 물론 어떤 말이 이어질지 알고 있다.

'혹시 또 죽였어?'

그 말을 속으로 참고 있을 우현이 표정이 자못 심각해 보였다. 어디서 많이 본, 익숙한 표정이다. 수린 선배와 보한과 비슷한 느낌. 당연하다. 어릴 때부터 가족과 함께 꾸준히 농사를 지어 온 우현이도 식물 전문가니까.

조상님이 남기신 말 중에 비슷한 사람끼리 어울린다는 '유유상종'이라는 말도 있던데, 살식마인 내 주위에는 죄다 식물을 사랑하고 아끼며 동시에 무척 잘 가꾸는 사람들뿐이다. 물론 내 과제에는 전혀 도움이 안 됐지만.

"아직 죽진 않았고, 죽어 가고 있어. 덕분에 난 유급 위기고."

아무렇지 않다는 듯이 말하려고 애썼다. 우현이가 미간을 심하게 찌푸렸다.

"괜찮으면 내가 한번 볼까?"

"수린 선배가 이미 봤어."

우현이는 뭐라고 했는지 궁금하다는 얼굴로 나를 빤히 바라보았다. 나는 가망이 없다는 뜻으로 고개를 저었다.

"그 사람은 책에서 읽은 방법밖에 몰라."

다소 고집스러운 말투에서 수린 선배를 얕보는 듯한 느낌이 들었다. 내가 가장 가까이에 있는 식물 전문가 두 사람 사이를 오가며 유급을 걱정하는 동안, 내 과제 식물 살리기를 두고 이상한 경쟁이 붙은 것 같다. 만약 우현이에게 과제 식물 상태를 먼저 보였다고 수린 선배에게 말했다면 선배는 이렇게 말했을 거다.

'그 꼬맹이는 자기가 경험한 방법이 최고라고 믿어.'

두 사람의 말을 서로에게 전해 준 다음 만나게 하면 불꽃 튀는 대결이 벌어지지 않을까? 그래 봤자 내 과제 식물은 둘 다 못 살려 내겠지만. 갑자기 울적해졌다.

내 기분을 눈치챈 우현이는 과제 식물을 꼭 가져오라는 말을 남기고는 멀리서 자기를 부르는 어른들 쪽으로 뛰어갔다. 달려가는 우현이 뒤로 차츰차츰 어두워지는 산등성이가 보였다. 짙어지는 어둠이 내 마음속까지 번지는 기분이다. 과연 무사히 다음 학년으로 진급할 수 있을까?

3

아침 햇살이 방 안 깊숙이 들어왔다. 짜증을 내며 눈을 뜨자마자 창가에 선 할머니를 보고 비명을 지를 뻔했다. 할머니가 내 트레이 앞에 서서 식물 잎사귀를 가만히 어루만지고 있었기 때문이다. 작물이 아닌 식물에는 질색하는 할머니가!

할머니가 만지고 있는 초록빛 잎사귀는 어제 엄마가 알려 준 서랍에서 찾아낸 가짜 식물이었다. 엄마는 재활용 광산에서 오랫동안 일해서 그런지 어떤 모양이든 진짜와 비슷하게 만들어 내는 실력이 뛰어났다. 광산에서 함께 일하는 엄마의 동료들은 재생 자원으로 새로운 물건을 만들어 내는 엄마의 몰딩 실력이 세계 최고일 거라고 추켜세우곤 했다.

그렇지만 아무리 재생 섬유로 잎사귀와 비슷한 감촉을 구현했다고 해도 가짜는 가짜다. 할머니가 눈치채지 못할 리가 없다. 어떻게 된 일이냐고 물으면 뭐라고 대답해야 하지? 두근두근 뛰는 심장이 터질 것 같다.

눈앞에 보이는 할머니의 곧은 등이 조금씩 뒤로 움직였다. 가짜 식물로 속이기까지 했는데, 유급 위기라는 말은 어떻게 꺼내야 할까? 침을 꿀꺽 삼켰다. 그리고 마침내 할머니의 얼굴과 정면으로 마주했다.

그런데 이게 웬일?

할머니의 표정이 밝았다. 심지어 살짝 웃고 있었다. 아침 인사를 건네는 할머니에게 어색하게 웃어 보이며 할머니가 만지작거리는 가짜 식물을 곁눈질했다. 설마 가짜 식물이라는 걸 눈치채지 못한 거야? 믿기지 않았다. 할머니는 다른 사람보다 몇 배나 관찰력이 뛰어나다. 엄마는 평생 할머니를 속여 본 적이 두어 번밖에 없는데, 그것도 할머니가 일부러 속아 준 것 같다고 했다.

"올해는 유급 걱정 안 해도 되겠는걸?"

할머니가 재생 섬유로 만든 가짜 식물에서 손을 떼며 부드럽게 말했다.

설마 상심한 내 마음을 배려해서 속은 척해 주는 걸까? 그럴 리가 없다. 다른 일이라면 슬쩍 넘어가 주는 거라고 여길 수 있겠지만, 유급 위기다. 학교 문제에만큼은 엄격한 할머니가 그냥 모른 척해 줄 리가.

"트레이를 한 번도 안 가져와서 걱정했더니만, 이번엔 제대로 키웠네. 잘 해낼 줄 알았어."

진심이 담긴 칭찬이었다. 할머니가 진짜 속았다니 믿기지 않아서 잠시 넋이 나갔다. 할머니와 살아오면서 각종 전투와 전략을 고안해 냈던 엄마가 드디어 성공했다. 할머니를 완전히 속였다.

엄마의 놀라운 승리에 흥분해 잠시나마 즐거움을 느낀 건 그 때뿐이었다. 아침 먹을 때도 진심으로 흐뭇해하는 할머니 얼굴을 마주한 순간, 죄책감이 밀려왔다.

'미안, 할머니.'

고개를 푹 숙이고 속으로 사과했다.

기분이 좋아 보이는 할머니를 보고 있자니 힘들었다. 학교로 서둘러 도망치고 싶었지만, 오늘은 등교하는 날이 아니었다. 집에서 나갈 핑계를 궁리하다가 수린 선배를 만나고 오겠다고 둘러대고 부리나케 집을 나섰다.

할머니는 보한이 엄마를 데리고 떠난 뒤로 식물을 연구하는 사람을 몹시 싫어하게 되었는데도 수린 선배는 나쁘게 생각하지 않았다. 우선 내 어려운 상황을 도와주는 마음씨를 좋게 여겼다. 내 과제 식물을 살리려고 끈기 있게 노력하며 끝까지 포기하지 않은 점도 칭찬했다.

"암, 여자라면 당연히 그런 투지가 있어야지!"

수린 선배는 내 식물을 살려 내지 못한 대신 칭찬에 인색한 할머니의 마음을 얻었다. 선배에게 할머니의 마음 같은 건 아무짝에도 쓸모없겠지만.

수린 선배 핑계를 대고 집을 나서기는 했지만 딱히 갈 곳이 없었다. 자전거를 타고 여기저기 둘러보다가 선배는 지금쯤 뭘 하고 있을지 궁금해졌다. 학교 온실에 있을 것 같아서 그쪽으로 자전거를 돌렸다.

학교에 도착하니 조금 땀이 났다. 자전거를 세워 두고 온실로 향했다. 온실 문을 열자마자 후텁지근한 공기를 뚫고 누가 일하는 소리가 귀에 꽂혔다. 조심스럽게 소리 나는 쪽으로 다가가자, 앞치마를 입고 잎사귀 솎아 내기에 열중해 있는 수린 선배 모습이 보였다. 집중한 탓에 내 발소리가 들리지 않는지 선배는 뒤돌아보지 않았다. 그렇지만 나는 내가 들어온 것을 선배가 눈치챘음을 이내 깨달았다. 선배가 물건을 건네 달라는 듯이 오른손을 옆으로 내밀었기 때문이다.

나는 선배가 작업 중인 트레이를 힐끔 바라보고는 작업대 위에 놓인 봉투를 잽싸게 건넸다. 선배는 솎아 낸 잎사귀를 말없이 봉투 속에 집어넣었다.

다시 빈손이 내 앞으로 쓱 뻗어 왔다. 이번엔 잽싸게 원예 가위를 손바닥 위에 올려 주었다. 선배는 고맙다는 말도 없이 가위를 쥐고 다음 트레이로 자리를 옮겼다. 선배가 손을 움직일 때마다 아무렇게나 자라서 어수선해 보이는 줄기들이 잘려 나갔다.

"유급 맞을 마음의 준비는 잘하고 있어?"

떨어진 가지와 잎으로 지저분해진 앞치마를 툭툭 털며 선배가 물었다. 내가 확실히 유급할 거라고 여기는 여상하고 담담한 말투여서 살짝 기분이 나빠졌다. 차라리 놀리는 투였으면 나았을 거다.

"유급 안 할 거예요."

나는 볼멘소리로 대답했다.

선배는 장갑을 벗으면서 할 말 있는 얼굴로 나를 흘깃 보았다. 약간 경계하듯 눈을 가느다랗게 뜬 저 표정이 무얼 뜻하는지는 뻔했다.

"혹시 그 꼬맹이가 살려 냈어?"

내 화분을 사이에 두고 서로의 실력을 의식하고 은근히 낮춰 보면서 둘 다 얼마나 거드름을 피워 대는지. 황무지 식물 지배자와 온실 왕국 주인의 맞대결을 보는 것 같다.

"살릴 수 있대?"

선배의 눈초리가 점점 날카로워졌다. 놀리고 싶은 마음과 함께 웃음이 새어 나오려 했지만, 웃으면 선배가 화낼 것 같아서 꾹 참으며 고개를 흔들었다.

"그럼 그렇지. 살식마의 손에 죽어 가는 식물을 어떻게 살려?"

코웃음을 치는 선배의 얼굴에 안도감이 가득했다. 진짜로 우현이가 살려 냈으면 아마 일주일은 잠도 못 이루고 분해하지 않았을까?

"유급하지 않는 방법 알려 줄까?"

선배가 앞치마를 벗어 정리하며 내뱉었다.

"못 살린다면서요?"

희망의 빛이 가느다랗게 비쳤다. 선배에게는 살식마의 손에서 식물을 구해 낼 비밀스러운 방법이 있을지도 몰랐다. 그런데 실망스러운 말이 이어졌다.

"수경 재배 과목 이수를 포기하면 진급할 수 있어."

"끔찍한 소리를 하네요."

나는 부루퉁한 얼굴로 대꾸했다.

"체면 때문에 꼭 이수하려는 거면 관둬."

선배의 목소리가 단호했다. 선배는 나에게 식물을 잘 키우는 사람이 우월하다는 평가는 편견이라고 말했다. 그리고 사람들에겐 저마다 잘하는 일과 못하는 일이 있는데, 내가 못하는 일이 농작일 뿐이라고 했다. 나에게는 아예 재능이 없으니 과목 이수는 일찌감치 포기하고 잘하는 일을 찾는 편이 바람직하며, 그걸 부끄러워할 필요도 없다는 선배. 조목조목 맞는 말만 하는 선배가 얄미웠다.

살식마인 내 꿈이 협동 농장 농부라는 말을 들으면 선배는 기절하겠지.

"나중에 부탁하면 언니가 내 트레이에 작물을 심고 관리해 줄 거예요?"

지저분한 작업대 위를 부지런히 정리하는 선배를 가만히 바라보다가 물었다.

"살식마의 트레이엔 가까이 안 갈 거야."

기껏 꺼낸 말을 선배가 딱 잘라 버렸다.

"그런데 조금 전에 나를 뭐라고 불렀어? 언니?"

선배가 문득 손을 멈추더니 물었다. 그제야 내가 선배를 무심결에 언니라고 부른 것을 깨달았다. 나는 어색한 소리를 내며 웃었다.

"그거 나쁜 말이지?"

작업대 정리를 마친 선배가 정색하며 뒤돌아섰다.

"아니에요."

나는 마구 손사래를 치면서, 언니라는 호칭은 여자가 자기보다 나이 많은 여자를 부를 때 쓰는 말이라고 설명했다. 선배는 믿을 수 없다는 표정으로 계속 나를 노려보았다.

"그, 우현이한테서 배운 거예요. 우현이 가족은 21세기주의자고 양성 생식법을 따라요. 가족 사이에서 쓰는 말이라고 가르쳐 줬어요."

"진짜야?"

여전히 수상쩍어하며 선배가 물었다. 나는 고개를 힘차게, 몇 번이나 끄덕였다.

"흐응."

의심을 거두지 않은 눈치였지만, 선배는 그쯤에서 물러났다.

"서, 선배는 단성 생식과 양성 생식 중 어느 쪽이에요?"

화제를 돌리려고 입에서 나오는 대로 뱉었다. 선배는 어이없어하는 없는 얼굴로 나를 바라보더니 픽 웃었다. 왠지 조금 기분 나쁜 웃음이었다.

"나는 다른 방식으로 생식하도록 유전자가 설계되어 태어났어."

유전자를 설계한다는 소문은 나도 들은 적이 있다. 헛소문이라고 생각했는데 진짜였구나.

"나는 말이야……"

선배가 펼친 두 손을 내려다보며 말을 이었다.

"신체를 잘라서 번식할 수 있어. 손이나 손가락을 잘라서 물에 담그면 얼마 후에 나랑 똑같이 생긴 인간이 태어나."

"히익! 시, 식물처럼요?"

등골이 오싹해진 나는 또 말을 더듬었다.

선배는 대답 대신 입술을 씰룩였다. 터지려는 웃음을 참고 있는 게 분명했다.

"놀리는 거죠?"

약이 올라서 빽 소리를 지르자, 선배가 배를 잡고 웃었다. 언제나 온화하고 착실한 모습만 보이는 선배가 이러는 꼴을 다른 애들이 봐야 하는데. 다들 내가 선배에게 민폐를 끼친다고 생각하겠지만, 선배도 마찬가지였다.

"네 표정 정말 웃겼어."

수린 선배는 가방을 챙기면서도 계속 킥킥 웃었다. 나는 기분이 나빠져서 홱 뒤돌아섰다. 그런 나를 개의치 않는지, 선배가 성큼성큼 다가와서 내 어깨를 탁탁 두드렸다. 나는 기분이 조금 풀려 선배를 따라 온실을 나왔다.

금세 멀어진 선배를 서둘러 자전거를 끌어 따라잡았다.

"수경 재배 과목 재평가 신청할 거예요."

다짐하듯 말했다.

"다시 키울 식물이 없잖아."

선배는 나를 힐끔 쳐다보며 정신 차리라는 듯이 말했다.

"씨앗 도서관에 가서 부탁해 보려고요. 비슷한 식물이 있으면 나눔 받을 수 있을지 몰라요."

"씨앗 도서관 관장님이 얼마나 깐깐한지 모르나 보네."

아무렴. 할머니의 원수가 되려면 깐깐함도 할머니 수준만큼은 되겠지.

"그래서 우현이한테 부탁해 보려고요."

"꼬맹이에게?"

수린 선배가 의아하다는 듯 고개를 갸웃거렸다.

"씨앗 도서관 관장님이 우현이 할머니예요. 우현이가 부탁하면

들어 주실지도 몰…….”

나는 말을 끝맺지 못했다. 갑자기 선배가 두 손으로 내 어깨를 꽉 붙잡았기 때문이다.

“영린이 꼬맹이의 할머니라고?”

선배가 왜 그러는지 몰라서 가만히 고개를 끄덕였다. 어째서인지 선배는 잔뜩 흥분한 얼굴로 예상치 못한 말을 꺼냈다.

“꼬맹이를 만나야겠어.”

4

수린 선배가 우현이를 만나려는 이유는 씨앗 도서관의 활동가가 되고 싶어서였다.

선배는 활동가 모집에 몇 번이나 지원했는데 학생이라는 이유로 번번이 떨어졌다고 했다. 그런데도 여전히 포기하지 못한 선배가 지금 이렇게 눈을 반짝이는 건, 손자인 우현이를 통해 씨앗 도서관 관장인 영린에게 부탁해 보려는 속셈이 있어서다.

일단 지금까지 도와준 은혜를 갚는 셈 치고 우현이를 만나게 해 주겠다고는 약속했는데, 결과가 좋을지는 모르겠다. 우현이는 영린을 늘 좋게 말하지만, 그건 우현이에게는 할머니여서 그런 거다. 씨앗 도서관 관장님이 얼마나 깐깐한지는 지역 사회에 소문이 자자하다. 빌린 농기구를 부러뜨린 대가로 축구장만큼 넓은 협동 농장 섹터를 온종일 관리하게 했다는 전설 같은 이야기도 들은 적이 있다.

'암요. 우리 할머니가 인정하는 원수라면 고약함의 수준이 그 정도는 되어야지요.'

그 이야기를 들었을 때 속으로 그렇게 생각했다.

할머니가 영린을 원수처럼 여겼기 때문에 나는 영린과 인사하거나 대화해 본 적이 없다. 일하거나 지나가는 모습을 먼발치에서 본 것이 전부다. 키가 크고 말랐지만 할머니처럼 꼿꼿한 자세로 느릿하게 걷는 모습이 깐깐하면서도 우아해 보였다. 지금처럼 이런저런 부탁할 일이 생기고 나니까 우현이를 통해 친해질 기회를 놓친 것이 후회되었다.

이튿날, 재생 섬유로 만든 과제 식물이 심긴 트레이를 자전거 바구니에 담고 학교로 향했다. 자전거 페달을 힘껏 밟을 때마다 앞에서 불어오는 바람이 거세져서 추웠다. 조금씩 기온이 오르고는 있어도 아직은 추운 시기다. 길 옆으로 펼쳐진 넓은 땅에서는 새벽에 일찍 나온 도서관원들이 벌써 일하고 있었다. 추위 탓에 모두들 두툼한 옷을 입었다. 황무지에 작물을 심고 번식시키려는 씨앗 도서관의 꿈은 이뤄질 수 있을까?

그런 생각을 하며 달리다가 키가 크고 둥글둥글한 뒷모습을 발견하고 자전거를 세웠다. 식물 병원 원장님이 뒷짐을 지고 도서관원들이 일하는 모습을 지켜보고 있었다. 오늘은 황무지를 누비던 씨앗 도서관의 기계가 없었다. 나는 원장님이 바라보는 지점으로 시선을 옮겼다.

눈앞의 풍경은 어디로 시선을 옮기든 모두 흙빛이다. 가끔 온 세상이 초록빛으로 뒤덮였다는 아주 먼 옛날 이곳의 모습을 상상한다. 사진으로 남아 있는 그 시절, 세계에는 온갖 식물이 넘실거렸다. 그때와 비교하면 지금은 따뜻한 시기가 찾아와도 황량하기 그지없다. 그래도 우리 지역은 다른 곳보다 나은 편이다. 요즘처럼 온난한 시기에는 여기저기서 초록색 식물이 조금이나마 자라기 때문이다. 씨앗 도서관에서 열심히 연구해서 심은 씨앗이 번식한 결과다.

"원장님!"

뒤에서 내가 외치자 원장님이 깜짝 놀란 듯 몸을 돌렸다.

"여기서 뭐 해요?"

원장님은 나를 보고 빙긋 웃더니 앞의 바구니를 가리켰다.

"식물을 조금 채집했지."

바구니 안에는 황무지에서 온 게 분명한 식물이 담겨 있었다.

"작물을 재배하기엔 아직 토양 오염이 심해. 황무지에서 키운 식물을 먹어도 된다고 씨앗 도서관에서 선전하기 전에 분석해 봐야 할 것 같아서 말이야."

나와 눈을 맞추며 원장님이 설명했다.

"먹거리는 항상 안전해야 하니까."

그때, 멀리서 나를 부르는 소리가 들렸다.

"이언!"

우현이가 저 멀리서 손을 흔들며 달려오고 있었다. 원장님은 우현이를 보자마자 바구니를 챙기더니 급히 작별 인사를 했다.

"내가 이러는 걸 씨앗 도서관원에게 들키면 안 되지."

원장님은 유쾌하게 웃으며 내게 윙크를 날리고 빠른 걸음으로 멀어졌다.

순식간에 달려온 우현이는 자기와 인사도 하지 않고 멀어져 가는 원장님의 뒷모습을 보며 고개를 갸웃거렸다.

"식물 병원에 급한 일이 생겼대."

원장님이 곤란해질 것 같아서 둘러댔다.

"많이 바쁘신가 보네."

우현이가 섭섭한 듯이 중얼거렸다. 내 쪽으로 고개를 돌려 자전거 바구니 안을 들여다보는 우현이의 얼굴이 바짝 가까워졌다. 슬쩍 쳐다본 피부가 온통 그을린 흙빛이다. 안 그래도 튼튼한 몸이 더 단단해 보였다. 그나마 지금은 햇볕이 약한 시기여서 얼굴이 흰 편이다. 해마다 일조량이 많은 시기엔 얼굴이 새까매진다.

나는 우현이가 들고 온 작은 화분에 시선을 빼앗겼다. 흙으로 만든 주먹 크기 화분에 조그마한 새싹이 귀엽게 고개를 쏙 내밀고 있었다.

"이거, 선물."

멋쩍은 얼굴로 우현이가 내밀었다.

새싹 모양을 보니 내가 과제로 받은 식물은 아니었다. 혹시나 했는데 조금 실망스러웠다. 하긴 과제 식물이었으면 화분이 아니라 트레이를 들고 왔을 거다.

"작물은 아닌데 꽃이 예쁜 식물이야. 이름은 민들레. 할머니가 최근에 복원해서 땅에 심으려고 준비하고 있어."

우현이는 살식마의 수중에서도 식물이 살 수 있게 화분의 흙 성분을 조절해 두었다고 했다.

"할머니에게 혼나지 않아?"

조심조심 화분을 받아 들며 물었다.

"어차피 전부 나눠 주려고 하는 건데, 뭐."

씨앗 도서관의 최종 목표는 옛날처럼 다시 땅에서 작물을 재배하는 것이다. 그래서 이 민들레처럼 땅에서 잘 번식하는 식물도 종종 만들었다. 우현이의 할머니 영린의 목표는 생명력이 질긴 이 민들레 씨앗을 우리 지역 곳곳에 널리 퍼뜨려서 노란 꽃을 피우는 거라고 했다. 꽃이 지면 솜털 같은 날개가 달린 씨앗이 바람에 날려 사방으로 흩어지고, 내려앉은 땅에 새로이 뿌리를 내린다고 한다.

"씨앗을 뿌리면 앞으로 이 무렵에는 어느 길에서나 노란 꽃이 잔뜩 필 거랬어."

우현이가 눈을 반짝였다.

그 전에 내 방 창가에서 무사히 꽃피운 민들레를 볼 수 있으면 좋겠다. 그렇지만 살식마인 이 몸은 손안에 들어온 작고 여린 민들레의 생존을 보장할 수가 없을 것 같다. 미안해져서 가만히 새싹을 내려다보았다. 지금까지 우현이에게서 선물 받은 후에 죽인 식물을 모으면 살식마 맞춤형 정글 지옥을 만들고도 남을 거다. 그곳에서는 나처럼 용서받지 못할 살식마들을 가둬 놓고 시들시들한 식물로 죄책감을 자극해서 괴롭게 만들겠지.

내가 좀 안쓰러워 보였는지 우현이가 이번엔 분명 꽃이 필 거라며 씩씩한 목소리로 힘주어 말했다. 전혀 동의할 수 없었지만, 나도 그럴 거라 믿는 척하며 화분을 신경 써서 자전거 바구니에 담았다.

"참, 수린 선배가 널 만나 보고 싶대."

선배의 부탁을 전해야 해서 별생각 없는 듯이 말을 꺼냈다. 우현이는 살짝 경계하는 표정이 되었다. 수린 선배는 내 과제 식물을 살리려고 우현이가 쓰는 방법이 죄 잘못됐다고 말하면서 무시해 왔다. 그러다 보니 우현이도 대놓고 드러내진 않아도 수린 선배를 좋아하지는 않는 기색이었다.

"그 누나가 왜?"

탐탁지 않은 기분이 목소리에 묻어났다.

"부탁이 있대."

나는 솔직하게 수린 선배의 사정을 우현이에게 털어놓았다.

선배가 그동안 씨앗 도서관 활동가에 계속 지원했다가 떨어졌다는 말을 들으면 우현이가 조금 고소해할 줄 알았다. 그런데 뜻밖에도 우현이는 약간 감탄하는 얼굴이었다.

"끈기가 있는 사람이네. 잘난 척만 하는 줄 알았더니."

선배가 이 자리에 있지 않아서 다행이었다. 수린 선배는 잘난 척한다는 말을 듣고 가만있을 사람이 아니다. 우현이는 곰곰이 생각한 끝에 할머니에게 말은 꺼내 보겠다고 했다.

"학교 마치고 집에 갈 때 꼭 나한테 들러."

인사를 하고 다시 자전거에 올라타는 내게 우현이가 말했다.

할머니가 뭐라고 했는지 알려 주겠다는 뜻 같았다. 나는 고개를 끄덕이고 자전거 페달을 밟았다.

학교에 도착해서 나는 가짜 식물을 꽂은 트레이를 은근히 과시하듯이 들고 걸었다. 개교 이래 수경 재배 과목 첫 유급 후보자가 되면서 나는 이미 유명 인사였다. 인사 한번 나누지 않은 애들이 날 알아보는 데는 이제 익숙해졌다. 유급 위기에 몰린 내 운명을 결정할 과제 식물 상태를 모르는 애도 없었다. 대놓고, 아니면 몰래 찾아와서 식물 상태를 확인해 보는 일이 다반사다.

아이들은 살아날 가망이 없던 식물이 되살아 난 모습을 보고 눈을 동그랗게 뜨며 놀랐다. 나는 짐짓 당당하게 걸으면서도 가짜라는 것을 알아보는 애가 있을까 봐 떨렸다. 그런데 놀랍게도 내 조마조마한 마음이나 식물의 정체를 간파한 애는 없었다. 식물을 바꿔치기한 것 같다며 비아냥대는 애들이 몇 있었지만, 수린 선배가 도와줬다는 말을 듣자 더는 시비를 걸지 않았다. 아무리 수린 선배를 들먹였다고 해도, 다 시들어 가던 식물이 이렇게 멀쩡히 살아난 일을 전혀 수상하게 여기지 않는 애들이 정말 놀랍다.

이제 교실에 들렀다가 원예실에 내 트레이를 무사히 갖다 놓기만 하면 된다. 슬그머니 모여드는 애들 사이를 통과하려고 수린 선배의 이름을 퇴치 주문처럼 외치며 교실까지 갔다. 그런데 웬일인지 교실 밖에 애들이 잔뜩 모여 있었다. 의아해서 그쪽을 곁눈질했을 때, 낯익은 사람이 시야에 들어왔다. 수린 선배가 착하디 착한 얼굴로 우리 반 애들과 이야기를 나누고 있었다.

모르는 척하고 교실로 들어가려는데, 선배가 그새 나를 발견했는지 내 이름을 부르며 다가왔다.

"이언, 식물 상태가 아주 좋아졌다며?"

선배가 부드러운 목소리로 물었다.

누군가 벌써 선배에게 쪼르르 달려가 선배가 내 과제 식물을 되살려 냈다며 칭송한 것 같았다. 슬며시 트레이로 시선을 던진 선배의 표정이 한순간 일그러졌다가 본래대로 돌아왔다. 그 모습을 보고 나도 모르게 트레이를 꽉 끌어안다가 선배와 눈이 마주쳤다. 입은 웃고 있는데 눈빛이 무서웠다.

"이 트레이는 원예실보다 온실에 두는 게 좋지 않을까? 겉으로는 싱싱해 보이지만 약한 상태니까 내가 더 살펴봐야 할 것 같아서."

수린 선배가 상냥하게 말하면서 내가 품에 꼭 껴안은 트레이를 두 손으로 잡았다. 놓치지 않으려고 힘을 써 버티자, 선배는 아이들에게 보이지 않게 슬며시 몸을 돌리고 눈을 부릅뜨더니 내게 어깨동무했다.

"그래, 그래. 네가 들고 가는 편이 낫겠지?"

선배가 내 어깨를 잡은 손에 힘을 꽉 주었다. 도와줄 만한 사람을 찾으며 주변을 둘러보았지만, 좋아하는 선배를 바라보는 동경과 친근함이 가득한 얼굴뿐이었다. 체념하고 선배에게 어깨를 잡힌 채로 온실까지 순순히 끌려갔다.

선배는 온실에 들어서자마자 급변해서 트레이에 꽂힌 가짜 식물을 쑥 뽑아냈다.

"내가 살려 냈다고?"

선배의 눈꼬리가 하늘로 뻗칠 것처럼 올라갔다.

"이제 돌이킬 수 없어요."

물러서지 않고 선배를 똑바로 마주 보았다.

이전과 달리 선배가 나를 도와줬다고 전교생에게 알렸다. 과제 식물이 죽어 버리면 선배가 살리지 못했다는 사실도 자연히 알려지겠지. 자존심 강한 선배는 그러기를 바라지 않을 것이다.

"내가 과제 재평가받을 수 있게 도와줘요."

선배는 어이가 없어 말문이 막힌 표정으로 말없이 나를 한참 바라보았다. 제대로 쓴소리하려고 할 말을 찾는 것 같았다. 선배 입에서 험한 말이 나오기 전에 거절할 수 없는 제안을 서둘러 던졌다.

"그럼 나도 선배가 도서관 활동가가 될 수 있게 도와줄게요."

5

수린 선배가 내 제안을 거절하기 힘들 거라는 예상은 맞아떨어졌다. 밑져야 본전이라는 생각이 고스란히 읽히는 얼굴로 수락하기는 했지만.

이틀 뒤, 그렇게 까다롭다는 재평가 허락이 떨어졌다. 역시 학교에서 수린 선배의 위력은 무시무시했다.

"수린이가 널 참 좋아하나 보더라고."

소식을 전해 준 선생님이 웃으면서 모두 선배 덕분이라고 했다. 자기가 나를 도와서 죽어 가는 과제 식물을 살려 냈지만, 농업 과목의 목적은 학생이 농장에서 직접 경작하는 능력을 기르는 것이므로, 내가 스스로 해내는 과정을 처음부터 다시 평가해야 한다며 교장 선생님을 설득했다고 한다. 재평가 허락을 받아

내는 동시에, 가짜 식물이라는 사실을 들킬 위험까지 피해 간 선배의 교묘한 작전에 감탄을 금치 못했다. 게다가 어려운 상황에 놓인 후배를 돕기 위해 발 벗고 나서는 훌륭한 선배 이미지까지 얻었다.

학교에서 마주친 수린 선배는 내가 약속을 지킬 차례라고 말했다. 선배의 부릅뜬 눈이 무서워서 슬금슬금 뒷걸음질로 도망쳤다. 이제 씨앗 도서관에서 과제 식물의 씨앗을 나눔 받는 동시에 선배가 도서관 활동가가 되도록 관장님을 설득해야 한다. 나는 어떤 어려움에도 굴하지 않으리라 굳게 결심했지만, 어쩔 수 없이 점점 불안해졌다. 손자가 부탁한다고 그렇게 쉽게 부탁을 들어줄까? 영린이 거절할 이유만 수십 가지 떠올라서 밤마다 잠을 설치는 가운데 어느덧 우현이와 약속한 주말이 되었다.

약속 장소에서 만난 우현이는 내 얼굴을 보더니 어디가 아픈지부터 물었다. 며칠이나 잠을 제대로 못 잤다는 말은 차마 못 하고, 괜찮다는 뜻으로 손사래를 쳤다. 우현이와 함께 씨앗 도서관으로 향하는 동안 가슴이 두근거렸다. 우현이에겐 내가 할머니, 정하의 손녀라는 사실을 영린에게 말하지 말라고 부탁했다. 혹시 그 사실이 악영향을 끼치면 곤란하기 때문이었다.

우현이와는 언제나 황무지와 큰길의 경계에서 만나 이야기를 나누고 헤어지는 것이 다였는데 이렇게 나란히 걸으니까 기분이 이상했다. 게다가 옆에 서니 점점 벌어지는 키 차이가 확실히 느껴졌다. 중간중간 말이 끊겨 침묵이 흐를 때마다 괜히 어색해져서 입에서 나오는 대로 아무 말이나 뱉었다.

"요즘 저 땅에 항상 기계만 있더라."

나는 먼 곳에서 황무지를 경작하는 거대한 기계를 가리켰다.

다른 땅에는 토지 경작을 돕는 전기 가축과 도서관원들이 함께인데 황무지에는 늘 기계만 돌아다녀서 눈에 띄었다.

"식물 병원 원장님이랑 똑같은 말을 하네."

우현이가 신기하다는 듯이 웃었다.

황무지 위를 움직여 다니는 기계를 지켜보던 원장님의 모습이 문득 떠올랐다. 그날은 도서관원에게 들키면 안 된다고 도망치더니 나중에 우현이에게 물어본 모양이었다.

"저 기계들은 토양을 분석하는 거야."

우현이가 그렇게 말해 주면서 또 웃었다. 웃는 얼굴이 보기 좋았다. 내가 지금 무슨 생각을 하는 거람? 순식간에 얼굴이 달아올라서 우현이가 보지 못하게 고개를 숙였다.

"오염된 정도를 분석해서 식물을 재배할 수 있는 땅인지 알아보는 거래."

씨앗 도서관에 도착할 때쯤에는 화끈거리던 얼굴이 가라앉아 다행이었다.

우현이는 토양의 오염 정도가 심각해서, 그 문제를 해결할 방법을 찾는 도서관 회의가 아침부터 계속 이어지고 있다고 했다.

'도서관 시민 가족회의 중'이라고 써 붙인 종이가 보였다. 삐뚤삐뚤한 글씨는 분명 우현이 솜씨였다. 글씨 연습이 필요하다며 할머니가 늘 종이에 쓰는 일을 시킨다고 우현이가 투덜거리던 기억이 났다. 그래도 이 정도로 글씨를 못 쓸 줄이야. 심각했다. 웃음을 참느라 애써야 했다. 우현이는 그러는 나를 모른 체하면서 회의가 끝났는지 보고 오겠다며 부리나케 사라졌다.

씨앗 도서관에는 자주 와 봤지만 오늘처럼 한적하기는 처음이다. 평소에 농사와 관련한 정보를 서로 나누려고 모이는 사람들도 전혀 보이지 않았다. 오늘 회의 때문에 씨앗 도서관원이 전부 자리를 비워서 그런 것 같다.

우현이는 내가 벽에 붙은 자료를 읽으면서 기다리는 동안 금세 다시 나타났다. 손에는 빨간색과 초록색이 섞인 동그란 물건을 쥔 채였다. 약간 상기한 얼굴로 그 물건을 내게 건넸다. 손에 닿는 느낌이 차갑고 매끈했다.

"사과래."

나는 놀라서 손에 쥔 것을 가만히 내려다보았다. 우리 지역에서는 곡식과 채소 재배를 우선하기 때문에 과일을 전혀 재배하지 않는다. 그리고 관리하기가 까다로워서 과일 농장이 있는 지역은 드물다고 들었다.

"먹어 봐."

우현이가 재촉했다. 나는 놀란 얼굴로 우현이를 바라보았다.

"먹어도 된다고?"

우현이가 웃으면서 고개를 끄덕였다. 식물 병원 원장님이 선물로 한 바구니 가져왔는데, 할머니가 친구랑 나눠 먹으며 기다리라고 특별히 주었다고 했다. 사과는 사진으로 여러 번 봤지만 먹어 본 적은 없다. 사과를 가만히 들고만 있는 나를 살피던 우현이가 사과를 크게 한입 베어 물더니 내게 내밀었다. 나도 우현이를 따라서 사과를 베어 물었다. 달콤하고 이전에 느껴 본 적 없는 특별한 맛을 기대했는데, 신맛이 가장 먼저 입 안에 퍼졌다. 과육도 퍼석퍼석하게 씹혀서 썩 맛있게 느껴지진 않았다. 사과는 달콤한 맛이라고 책에서 분명히 읽었는데, 원점 시대의 사과라 이렇겠지? 언젠가 본래의 맛을 느껴 볼 수 있으면 좋겠다.

"식물 병원 원장님은 다른 지역에서 식물 지도를 만들고 있는 연구원한테 선물로 받았대."

이어서 말하던 우현이도 나와 느낌이 비슷했는지 인상을 찡그리며 사과를 씹다가 꿀꺽 삼켰다.

"할머니가 사과에 관해 물어보고 싶은 게 있어서 그 연구원을 만나게 해 달라고 했는데, 사과랑 메모만 식물 병원에 남겨 두고 가서 원장님도 연구원을 보진 못했대."

듣다 보니 좀 이상했다. 다른 지역에서 여기까지 왔는데 그냥 선물만 두고 가 버린 이유가 뭘까. 그때 갑자기 해나와 할머니의 대화가 떠올랐다.

"혹시 원장님이 사과를 언제 받았는지 알아?"

나는 다급해져서 물었다.

"그냥 며칠 전이라고만 했어."

우현이가 의아한 얼굴로 나를 바라보며 말했다. 며칠 전이라면 협동 농장에 몰래 들어갔던 사람이 원장님에게 사과를 가져온 연구원일 수도 있다. 그 사건이 어떻게 됐는지는 듣지 못했지만, 나중에 할머니에게 이 일을 슬쩍 귀띔해 줘야 할 것 같았다.

"왜 그래? 무슨 일이라도 있어?"

내가 심각해 보였는지 우현이가 물었다.

나는 아무 일도 아니라고 얼버무리면서 관장실로 가자고 우현이를 재촉했다. 우현이는 나를 수상히 여기는 눈치였지만 더는 캐묻지 않았다. 우리는 사과를 나눠 먹으며 관장실로 향했다.

관장실에 온 것은 처음이었다. 입에 남은 사과를 마저 씹어 삼키며 관장실 내부를 입구에 서서 눈으로만 두리번거렸다.

아담한 관장실에는 나무로 만들어진 낡은 가구가 놓여 있고 초록빛을 뽐내는 식물이 심긴 크고 작은 화분이 가득했다. 모두 흙에서 자라는 중이었다. 언젠가 저 넓은 땅에서 식물을 다시 키워 내고 말겠다는 영린의 의지가 느껴졌다. 커다란 책상 뒤에 놓인 책장에는 농사에 관한 낡은 책과 함께 아기자기한 장식이 놓였다. 서툴게 그린 그림도 있었다. 천이나 종이로 직접 만든 선물 같았다.

"아저씨 아주머니가 어릴 때 만든 거야."

우현이가 옆에서 말해 주었다. 아저씨는 중년 남성 시민, 아주머니는 중년 여성 시민을 부르는 말이다. 지금은 어른이 된 가족이 오래전에 만들어 준 선물을 이렇게 소중히 아껴 간직하다니, 의외였다.

"그건, 내가 할머니 그린 거."

내가 무심히 바라보는 그림을 가리키며 우현이가 민망한 듯이 콧등을 매만졌다. 그럴 만도 했다. 사람 형상이라고 볼 수 없는 그림을 그려 놓고 할머니라고 했다니. 우현이는 글씨만 못 쓰는 것이 아니라 그림 실력도 엉망이었다.

우현이의 낙서 같은 그림을 잘 보이는 곳에 펼쳐 놓은 영린의 다정하고 따뜻한 마음이 느껴졌다. 이 그림을 볼 때마다 우현이를 떠올리며 슬며시 웃는 모습이 그려졌다. 할머니의 원수가 될 정도면 엄하고 무시무시한 분일 거라 여겼는데.

그림 옆에는 작은 유리병이 놓여 있었다. 그 안에 검붉은 색깔로 말라비틀어진 풀 같은 것이 보였다. 조금 더 자세히 들여다보니 마른 꽃처럼 보이기도 했다.

"저건 뭐야?"

유리병을 가리키며 우현이에게 물었다. 우현이가 설명하려고 입을 떼기도 전에 발걸음 소리가 들려왔다. 우리는 동시에 문 쪽으로 고개를 돌렸다. 문 밖으로 보이는 복도 저편에서 키가 큰 할머니가 허리를 꼿꼿이 세우고 걸어오는 중이었다. 가까워질수록 새하얀 머리카락에 자그마한 얼굴이 뚜렷해졌다. 씨앗 도서관 관장 영린이었다.

이렇게 가까이에서 마주하기는 처음이라 나도 모르게 긴장했다. 침을 꿀꺽 삼키며 두 손을 쥐었다 폈다 하는 동안 영린이 온화하게 웃으면서 관장실로 들어왔다. 영린은 우현이를 보느라 나를 신경 쓰지 않았다. 이윽고 내가 누구인지 보려고 고개를 돌린 영린은 나와 눈이 마주친 순간 고장 난 것처럼 굳어 버렸다.

6

앞에 선 영린이 나를 뚫어지게 바라보았다. 환한 웃음이 걸린 얼굴은 잔뜩 굳어 있어서 나도 모르게 시선을 피해 고개를 숙였다. 내가 원수의 손녀라는 것을 알아채지 않고서야 이렇게 살벌한 분위기를 풍길 이유가 없었다. 눈을 질끈 감았다. 아무래도 쫓겨날 각오를 해야 할 것 같았다.

우현이도 할머니의 반응에 놀랐는지 아무 말 없이 서 있었다. 주위가 조용해서 분위기가 더 어색했다. 이 자리를 빠져나갈 핑계를 떠올리는 동안 잠자코 서 있던 영린이 입을 열었다.

"정하랑 정말 닮았네."

살벌했던 분위기와 달리 부드러운 목소리여서 깜짝 놀랐다. 곧이어 나는 할머니와 내 얼굴이 판박이라는 사실을 깜빡한 스스로가 진심으로 한심해졌다. 속으로 한숨을 쉬며 살며시 고개를 들어 눈치를 살폈다. 영린은 두 손을 앞에 가지런히 모은 채 나를 보고 있었다. 방금 전과 달리 나를 바라보는 눈길은 다정했고, 사라졌던 온화한 웃음이 다시 나타났다.

"정하는 잘 지내니?"

어쩔 줄 몰라 머뭇거리는 내게 영린이 물었다. 원수의 안부를 묻는 사람의 말투라고 하기엔 다정했다. 두 사람이 진짜 원수 사이가 맞는지 의심이 들었다. 혹시 할머니 혼자서 일방적으로 영린을 싫어하는 거였던 걸까? 차라리 그랬으면 좋겠다.

"잘 지내요."

어색하게 웃으면서 대답했다.

"그 성미는 여전하고?"

친구의 근황을 묻는 듯 목소리에서 친근함이 묻어났다.

"우현이가 데려왔다는 친구가 정하 손녀일 줄은 정말 꿈에도 몰랐네."

나는 쭈뼛대면서 영린에게 가면 도와줄 거라는 말은 엄마에게서 들었다고 전했다. 그리고 내가 과제 식물을 죽인 일을 처음부터 지금까지 모두 털어놓았다. 첫 과제 식물을 사흘 만에 죽였다는 이야기를 듣고 영린은 나를 딱하다는 듯이 바라보았다.

"그래, 첫 과제 식물 재배에 실패하면 정말 마음이 아프지."

나를 위로하던 선생님도 지금 영린과 같은 표정이었다. 그 뒤에 어떤 사태가 이어질지 전혀 상상하지 못하던 때였다.

두 번째, 세 번째, 네 번째 과제 식물을 죽인 이야기가 이어지자 영린의 눈은 점점 동그래졌다.

동정하다가 놀라움으로 넘어가는 단계. 선생님과 수린 선배도 그 단계를 밟았다. 다음 단계는 경악과 포기다. 믿을 수 없다는 표정으로 내 이야기를 듣는 영린도 결국엔 경악하며 나를 한심하게 생각하겠지. 살짝 코끝이 시큰거렸다.

"그래서 저는 연쇄 살식마라고 불려요."

이야기를 끝내면서 울적한 기분으로 조그맣게 덧붙였다.

영린은 두 눈을 껌뻑이며 나를 바라보다가 갑자기 큰 소리로 웃기 시작했다. 멈추려고 하다가 또 웃기를 몇 번이나 반복하면서 얼굴이 벌게지기까지 했다. 우현이는 어쩔 줄 몰라 했고, 나는 그냥 고개를 푹 숙이고 서 있었다.

"뭐? 연쇄 살식마라고?"

간신히 웃음을 멈추려던 영린이 눈가에 맺힌 눈물을 닦더니 다시 웃음을 터뜨렸다.

"웃어서 미안해. 그런데 너무 재미있는 표현이어서 안 웃을 수가 없구나."

영린이 간신히 웃음을 멈추고 말했다.

살식마라는 말은 오래전부터 애들 사이에서 유행했는데 영린은 처음 들은 모양이었다. 역시 나이가 많아서 그런 걸까? 문득,

할머니도 연쇄 살식마라는 말을 들으면 영린처럼 크게 웃을지 궁금했다. 확인해 보려면 내가 실패한 과제 식물 이야기를 할머니에게 해야 한다. 그런 시도는 전혀 하고 싶지 않았지만, 언젠가 할머니가 크게 웃는 모습도 보고 싶었다.

"그런데 나한테 뭘 도와 달라고 부탁하고 싶댔지?"

영린이 우현이를 돌아보며 부드럽게 물었다.

"과제 식물 씨앗."

우현이가 그새 잊었느냐는 표정으로 말했다. 영린은 "아!" 하며 고개를 끄덕이더니 씨앗 대신에 성장 2단계부터 평가받을 수 있는 과제 식물을 빌려주겠다고 했다. 제일 까다로운 발아 단계를 건너뛸 수 있다니! 정말 다행이었다.

영린이 어디론가 전화를 하자, 얼마 후에 건장한 도서관원 한 명이 화분을 들고 관장실에 나타났다. 싱싱하게 살아 있는 과제 식물 모습을 보니 죽었다 살아난 친구를 만난 것처럼 마음이 찡했다. 이번엔 끝까지 오래오래 함께할 수 있으면 좋겠다.

"내가 조금 도와줄 테니까 매주 화분 검사받으러 오렴."

웃으면서 말하는 영린을 껴안을 뻔했다. 시작하기도 전에 벌써 수경 재배 과목을 통과한 것처럼 믿음직했다.

"그런데 할머니가 도와주는 건 반칙 아니에요?"

우현이가 내 눈치를 보며 물었다.

"수경 재배 과목 이수는 경쟁이 아니라 생존과 관련된 일이야."

영린이 엄하고 진지한 목소리로 말했다.

식량을 스스로 생산하는 시민의 생존 기술을 완벽히 익히는 것이 작물 재배법을 배우는 목적이다. 씨앗 도서관에서는 그것을 위해 시민을 돕는다. 그 뒤로도 한참을 영린은 매우 엄격한 태도로 이야기를 이어 갔다. 너무 딱딱하고 재미없는 이야기여서 한 귀로 들어왔다 한 귀로 흘러 나갔지만, 영린이 하도 진지해서 말을 끊을 수가 없었다. 이런 점은 할머니와 비슷한 것 같다. 속으로 지루해하며 힐끔 우현이를 쳐다보았다. 우현이도 나와 비슷한지, 반쯤은 딴생각하는 표정을 들키지 않으려고 고개를 숙이고 있었다.

"내 이야기가 너무 길어졌네."

드디어 지루한 이야기가 끝날 모양이었다. 우현이와 둘이서 기쁜 마음을 감추며 눈짓을 교환했다. 그러나 기쁨은 잠시였다.

"그러니까 내 말은……."

똑같은 이야기가 되풀이되는 2부가 시작되려 하고 있었다. 멈출 방법을 찾아야 했다.

"씨앗 도서관 자원봉사를 하고 싶어 하는 친구가 있어요!"

수린 선배를 떠올리며 불쑥 말했다. 영린은 하려던 말을 멈추고 나를 찬찬히 뜯어보다가 우현이 쪽으로 고개를 돌렸다. 무슨 말이냐고 눈으로 묻는 것 같았다.

"어제 말씀드렸잖아요."

우현이가 너무하다는 표정으로 말했다.

영린은 그제야 생각났다는 듯이 고개를 끄덕였다.

"잘난 척한다는 선배 말이구나."

우현이가 고개를 크게 끄덕였다.

할머니와 그런 이야기를 나눌 정도로 친한 모양이었다. 나는 우리 할머니와 학교 이야기를 자세히 나눠 본 적이 없다. 할머니는 학교에서 있었던 일 중에 조금이라도 마음에 들지 않는 점이 있으면 그게 왜 틀렸는지 한참 동안 설명하며 혼자 화를 냈다. 그래도 화가 가라앉지 않으면 당장 학교에 전화하기 일쑤다. 어떤 때는 아주 사소한 일로 그래서 싸우기까지 했다. 그럴 때마다 할머니 주장은 이랬다.

"작은 일일 때 고치지 않으면 늦어."

그 말 뒤에는 조상님들이 투철한 시민 정신으로 싸워 이룩한 사회의 아름다움과 미덕의 가치에 관한 이야기가 길게 이어지기 십상이다. 입으로 하는 싸움에서는 할머니가 무적이기 때문에 그럴 때는 대꾸하지 않고 딴생각을 한다. 영린은 우현이에게 그러지 않겠지? 영린처럼 할머니도 내 이야기를 판단하지 말고 그냥 가만히 들어 주면 좋겠다. 이야기를 잘 들어 주던 엄마가 떠나서 그런지 이런 바람이 더 간절해진다.

"수린 선배가 씨앗 도서관에서 배우고 싶은 게 많대요."

잘난 척하는 학생이 누구인지 궁금해하는 영린에게 나는 수린 선배의 훌륭한 점을 열심히 설명했다. 물론 숨겨진 성격이 괴팍한 점은 쏙 빼놓고 말했다. 그 대신 학교에서 식물의 신이라 불릴 정도로 뛰어난 실력과 살식마의 길로 들어선 나를 열심히 도와준 아름다운 마음씨를 과장했다. 마음에 들지 않는다는 듯이 인상을 찌푸리는 우현이는 모른 척했다.

"그런데 왜 굳이 씨앗 도서관에서 배우고 싶어 할까? 그렇게 똑똑한 학생이면 더 많은 것을 배울 수 있는 곳에 얼마든지 갈 수 있을 텐데."

흥미롭게 듣던 영린이 고개를 갸웃거렸다.

"영린…… 관장님을 존경해서요!"

하마터면 이름만 말할 뻔한 위험을 아슬아슬하게 피해서 아부하는 데 성공했다. 우리 가족 문화에서는 아부를 죄악시한다. 그렇지만 여기는 전혀 다른 21세기 문화가 살아 숨 쉬는 곳이니까 양심의 눈을 감았다.

"어머나!"

영린이 기분 좋은 얼굴로 웃었다. 겉만 번지르르한 말이 정말 통하다니! 판이한 문화가 피부로 느껴져서 진심으로 충격받았다.

"그러면 청소년 활동가를 따로 모집해 볼까?"

영린은 꼭 내 아부 때문이 아니라 그러잖아도 청소년 활동가를 모집할 계획이었다고 했다. 그 계획을 조금 앞당기는 대신에 영린이 조건을 내걸었다. 나도 수린 선배와 함께 자원봉사에 참여하라는 거였다. 내게도 도움이 많이 될 거라고 말하며 왠지 묘한 표정을 지었다. 그야 물론 그렇겠지만 수린 선배와 주말을 보내야 한다는 게 썩 기쁘지는 않았다.

"물론 우현이도 같이할 거야. 그렇지?"

영린이 우현이를 돌아보며 씩 웃었다.

7

씨앗 도서관의 첫 청소년 자원봉사대에서 유일하게 행복할 사람은 수린 선배일 것 같았다. 수린 선배와 함께 활동해야 한다는 말을 들은 순간부터 우현이 얼굴이 형편없이 구겨졌다. 반면, 선배는 전혀 반응이 없었다. 우현이와 같이해서 싫지 않은지 묻자 하찮은 꼬마 남자애한테 왜 신경 써야 하느냐는 대답이 돌아왔다. 이미 그 대답에서 신경 쓰는 티가 팍팍 났다. 두 사람 사이에 끼어서 주말을 보내야 한다고 생각하니 마음이 어두워졌다. 그저 고집 센 두 사람이 싸우지나 않기를 빌어야겠다.

주말을 앞두고 과제 식물을 받으러 씨앗 도서관에 가는 날이 돌아왔다. 아침을 먹으면서 우현이와 수린 선배 사이가 나쁜 사실을 영린에게도 귀띔해야겠다고 결심했다. 영린이 눈치 없이 두 사람이 친하다고 생각해서 이런저런 일을 함께 시키면 나까지 힘들어질 테니까.

"정하, 오늘 학교에서 과제 식물을 돌봐야 해서 조금 늦어."

씨앗 도서관에 가는 사실을 숨기려고 할머니에게 핑계를 댔다.

그런데 할머니는 아침을 먹다 말고 창문 밖에 시선을 빼앗긴 채 생각에 잠겨서 내 말을 듣지 못한 것 같았다. 식사할 때는 함께 자리한 사람과 음식에만 집중하는 할머니답지 않았다. 할머니를 따라 창밖을 내다보았다. 멀리 펼쳐진 넓은 땅에는 토지 경작을 연구하려고 일찍 집을 나선 도서관원들과 전기 가축의 모습이 보였다. 평소와 별반 다르지 않은 풍경이었다.

"왜 그래?"

할머니에게 물었다. 할머니는 대답 대신 손가락을 입에 가져다 대며 조용히 하라는 시늉을 했다.

'왜 그러지?'

평소와 다른 점이 있나 해서 다시 창밖을 내다보았다. 조용한 실내에는 공기 정화기 소리만 가득했다. 그런데 한참 동안 조용히 있었더니 밖에서 다른 소리가 들려왔다. 익숙한 듯하면서도 낯선 소음이었다. 그 소리가 대체 어디서 날까 하며 고개를 쭉 빼고 밖을 보았다.

"들리니?"

그런 내 모습을 보며 할머니가 물었다.

내가 들은 소음을 가리키는 것이 맞는지 궁금해하며 고개를 끄덕였다. 할머니가 살짝 인상을 찡그렸다.

"씨앗 도서관에서 또 기계를 늘렸어."

짜증이 느껴졌다. 기계는 사람보다 훨씬 효율적이다. 자원이 풍요로웠던 로봇 시대에는 대부분의 일을 기계가 담당했다. 덕분에 사람의 노동은 줄었지만, 그만큼 폐기물이 많이 발생했다. 로봇 시대에 잔뜩 생산한 쓰레기는 지금까지 계속 발굴 중이다. 그래서 재활용 센터에서는 꼭 필요한 기계만 생산한다.

"저놈들이 저기서 도대체 무슨 짓을 하는지 알아봐야겠어."

손수건으로 입가를 닦고 탁자 위에 올려놓는 할머니의 표정이 무시무시했다. 당장에라도 무슨 일을 벌일 분위기였다. 엄마가 있었으면 이런저런 이야기로 할머니 주의를 돌리거나 기분을 풀어 주었을 상황이었다.

할머니가 탁자를 짚고 힘차게 일어섰다. 이대로 할머니가 엄청 시끄러운 일을 일으키기 전에 막아야 한다는 위기감이 몰려왔다. 우리 마을의 평화를 위해 내가 뭔가를 해야만 한다. 할머니의 생각을 다른 곳으로 돌려야 하는데……. 할머니가 이럴 때마다 엄마가 주로 어떤 이야기를 꺼냈는지 아무리 생각해 봐도 기억이 나지 않았다. 할머니는 당장 집을 박차고 나설 기세로 현관 쪽을 향했다.

"할머니!"

너무 급한 나머지 이름 대신 할머니라고 부르고 말았다. 그것을 깨달은 나는 얼어붙었고, 할머니 표정이 험상궂어졌다.

"방금 뭐라고?"

잔소리 폭풍우를 몰아칠 것처럼 할머니가 되물었을 때, 나는 할머니의 주의를 다른 데로 돌리는 데 성공했음을 깨달았다. 기분 좋은 이야기를 꺼내는 것 말고도 해결 방법이 있었다니!

"며칠 전에 씨앗 도서관에서 관장이 사과를 나눠 줬대."

영린의 이야기를 듣는 순간, 할머니는 엄청난 기세로 폭발했다. 그 바람에 사과를 가져왔다는 연구원 이야기는 꺼내지도 못했다.

할머니는 먼저 씨앗 도서관과 관련해 엄청나게 안 좋은 이야기를 해 댔고, 그다음엔 관장인 영린을 향해 한참 동안 비난을 늘어놓았다. 황무지로 기계를 쳐부수러 가려 했던 조금 전 일은 이미 완전히 잊어버린 것 같았다.

당연히 불똥은 나한테까지 튀어서, 잔소리를 실컷 들었다. 씨앗 도서관 소식을 어떻게 알고 있는지 꼬치꼬치 캐묻는 할머니에게 우현이한테 들었다고 했다. 우현이가 영린의 손자라고 해도 친구를 선택하고 사귀는 일은 내 권리이기 때문에 할머니는 더 잔소리를 하진 않았다. 그 대신 영린 근처에는 가까이 가지 말라고 잔소리했다. 21세기주의자들의 잘못된 생각이 전염된다면서.

나는 할머니가 만족하게끔 진지한 얼굴로 그러겠다고, 지금까지 수백 번이나 했던 약속을 건성으로 또 했다. 그러고는 할머니의 의구심과 노여움이 확연히 누그러진 것을 확인한 뒤에 집을 나섰다.

씨앗 도서관까지 이어지는 길 위를 자전거로 조금 달리자, 아까 할머니가 창문 밖으로 바라보던 농작 기계가 점점 가까워졌다. 자전거를 멈추고 그쪽을 자세히 바라보았다. 기계의 거대한 몸이 땅 위를 움직이며 전기 가축과는 비교할 수 없을 정도로 빠르게 땅을 헤집는 모습이 보였다. 씨앗 도서관은 저 기계를 무엇에 사용하는 걸까. 아무리 봐도 토양 오염을 연구하는 것 같지는 않은데 말이다. 갑자기 우현이와 나누어 먹었던 퍼석퍼석한 사과의 기분 나쁜 뒷맛이 떠올라서 몸을 움츠렸다.

기계가 움직이는 땅을 지나자, 도서관원들이 일하는 들판이 나타났다. 나를 알아본 도서관원 몇몇이 손을 흔들며 인사했다. 도서관원들은 우리 할머니가 어려워 나도 멀리하는 눈치인데, 아마 할머니 성격이 나빠서일 것이다. 할머니를 차마 이름으로 부르지 못하고 선생님이라고 불렀다가 혼쭐이 난 21세기주의자도 있다.

마을 중심에 있는 갈림길을 지나서 몇몇 지역 기관과 통신국 앞을 지나면 바로 씨앗 도서관이 나온다. 갈림길에 있는 게시판에는 한 달 전부터 시작된 지역 사회 공동체 의장 선거를 알리는 공고와 후보 포스터가 빼곡히 붙어 있었다.

매번 선거철이 돌아오면 우리 집은 전쟁 분위기다. 할머니와 엄마의 지지 후보가 다를 때는 날마다 말싸움이 벌어지는 전쟁터였고, 같을 때는 적진을 두고 전쟁을 준비하는 긴장감이 가득했다. 둘은 정치적 의사 결정이 얼마나 중요한지 선거 때마다 귀에 딱지가 앉도록 강조했다. 그 탓에 나는 정치나 선거라고 하면 알레르기가 일어나는 상태가 되고 말았다. 엄마가 없는 이번 선거철에는 집에 평화로움이 가득해서 얼마나 다행인지 모른다.

씨앗 도서관 앞에는 널따란 자전거 주차장이 있는데, 오늘은 평소와 달리 자전거가 가득했다. 자전거를 세워 놓고 건물 안으로 들어가려할 때, 안에서 나오는 경비대 대장 해나와 마주쳤다.

"순찰하는 중이야?"

내가 물었다.

"가족회의가 있다고 해서 잠시 들렀는데 회의가 너무 길어져서 도망치는 길이야."

해나가 웃으면서 말했다. 그때, 까맣게 잊었던 일이 문득 떠올랐다. 식물 병원 원장님에게 사과를 가져다주었다는 연구원 이야기였다. 할머니에게 말할 기회를 놓친 뒤로는 그냥 잊어버렸다. 며칠이나 지나 버려서 별로 중요한 이야기가 아닌 것처럼 느껴지기도 했다.

"혹시 할 말이라도 있어?"

우물쭈물 망설이는 나를 보며 해나가 차분한 목소리로 물었다. 마을에서 일어나는 이런저런 일을 해결하는 경비대 사람들은 눈치가 빠르다. 망설이다가 말을 하지 않으면 이상하게 여기거나 걱정할 것 같았다.

"식물 병원에 다른 지역 연구원이 다녀갔대."

결심하고 말을 꺼냈다. 해나는 내 말이 무슨 뜻인지 이해하지 못한 것처럼 나를 빤히 바라보았다.

"몰랐어?"

몰랐다면 정말 이상한 일이다. 외부에서 우리 지역으로 들어오거나 나갈 수 있는 도로는 다섯 개뿐이고, 모두 경비대에서 지키고 있다. 마음이 점점 불안해졌다.

"모를 리가 있겠니."

내 기분을 눈치채고 안심시켜 주려는 것처럼 해나가 말했다. 사람들을 일일이 다 기억할 수는 없어서 잠시 헷갈렸다고 말하는 해나의 표정이 살짝 굳어 있었다.

"원장님도 만나지 않고 사과만 놔두고 그냥 갔다던데."

해나는 애써 웃는 얼굴로 연구원들이 그러는 경우는 흔하다고 했다.

"연구원들은 사람에겐 관심이 없거든. 식물에만 관심이 있어."

해나는 걱정 말라는 듯이 내 어깨를 탁탁 두드리며 밖으로 나갔다. 해나의 발걸음이 급해진 듯한 느낌은 기분 탓일까? 멀어지는 해나를 보다가 나는 도서관 안으로 들어섰다.

도서관은 이상하리만치 조용했다. 여기저기서 한가로이 잡담을 나누는 사람도, 복도를 지나가는 사람도 보이지 않았다. 도서관이 통째로 비어 버린 것처럼 괴괴한 적막이 무겁게 느껴졌다. 도서관 행사를 적어 두는 게시판 앞으로 가 보았다.

'도서관 시민 가족 회의'

행사 제목이 굵은 글씨로 반듯하게 적혀 있었다. 날짜와 시간을 보니 지금 한창 회의 중이었다. 도서관 시민 가족은 우현이네 가족이었다. 회의는 많아야 한 달에 한두 번 열리는데, 요즘은 잦은 편이다.

여기저기 기웃거리다가 관장실 문을 두드려 봤지만, 안에서는 아무 소리도 들리지 않았다. 미리 약속하고 올걸 그랬다는 생각이 들었다. 그렇지만 그랬다 해도 날짜에 딱 맞춰서 할머니에게 핑계를 대고 빠져나오기는 힘들었을 것이다. 지금으로서는 회의가 빨리 끝나기를 바랄 수밖에 없었다.

그런데 도대체 무슨 일인지 회의는 끝날 기미가 보이지 않았다. 한 시간 넘게 열람실에서 이 책 저 책 뒤적이는 것도 지겨워서 자전거로 도서관을 몇 바퀴 돌고 들어왔는데도 도서관은 여전히 고요했다.

복도를 혼자 어슬렁거리며 걷다가 다시 관장실로 갔다. 몰래 들어온 것처럼 보이기 싫어서 문은 열어 두고 선반 위의 물건을 구경했다. 지난번에 보았던 물건들이 그대로 놓여 있었다. 특히 눈길을 끈 물건은 작은 유리병 안에 들어 있는 말라비틀어진 풀이었다. 칙칙한 색깔이 아무리 봐도 예쁘지 않았다. 오히려 불길해 보이기까지 했다. 그런데 선반에서 가장 좋은 자리를 차지한 걸 보면 영린에게는 의미가 있는 물건 같았다.

유리병을 살짝 들어 요리조리 관찰했다. 그래도 역시 예쁜 구석은 전혀 보이지 않았다. 뭔가 다른 모습이 보일까 해서 눈앞에 갖다 대고 자세히 들여다보려는데 뒤에서 기침 소리가 들렸다. 깜짝 놀라 돌아보니 영린이 서 있었다.

"멋대로 들어와서 죄송해요."

유리병을 슬그머니 선반에 놓으면서 사과했다. 영린은 괜찮다는 듯이 웃었다.

"그게 마음에 드니?"

영린이 내 옆으로 다가오더니 뒷짐을 지고 유리병 속에 든 정체불명의 풀을 지긋이 바라보았다.

"아주 소중한 친구한테서 받은 선물이야."

묻지도 않았는데 영린이 말했다.

"기적의 장미란다."

영린은 학창 시절에 친구와 함께 장미를 땅에 심어 키우는 프로젝트를 한 적이 있다고 했다. 프로젝트는 성공적이었다. 두 사람이 심은 장미는 몇 년 동안 땅에서 자라며 꽃을 피웠다. 친구는 프로젝트의 성공을 기념해서 작은 장미 봉오리를 말린 후에 유리병 속에 넣어 영린에게 선물했다. 장미는 따뜻한 날씨에만 피는 꽃인데, 이 장미는 햇볕이 잘 드는 곳에 심어서인지 0도 가까이 떨어지는 기온에도 꽃을 피웠다. 말라 죽을 때까지 해마다.

"이 이야기에서 사람들이 찾아내는 의미는 제각각이란다."

이 장미를 선물한 친구가 애초에 생각한 의미는 '불가능은 없다.'였다고 했다.

"어떤 사람은 충분한 조건만 갖춰지면 무엇이든 이룰 수 있다는 의미로 해석해. 또 어떤 사람은 기온의 영향을 덜 받는 장미 종자를 개발하고 싶다는 아이디어를 얻지."

영린이 다양한 사람들이 찾은 의미를 들려주었다. 같은 것을 보고도 사람마다 생각이 이렇게 다를 수 있다니, 재미있기도 하고 신기하기도 했다.

"영린은 어떤 의미를 찾았어요?"

"나는 겨울에도 장미가 피어나게 한 햇볕처럼 따뜻한 사람이 되고 싶다고 생각했어."

영린은 장미꽃을 말려 선물한 친구를 생각하기라도 하는 것처럼 따뜻한 눈길로 작은 유리병 속의 장미 봉오리를 바라보았다.

"너도 이 장미에서 특별한 의미를 찾았으면 좋겠구나."

영린이 다정하게 웃으면서 내 머리를 쓰다듬었다. 그 손길이 엄청난 위로라도 된 것처럼 코끝이 시큰해졌다. 할머니가 이렇게 따뜻한 분을 왜 그토록 미워하는지 도통 이해가 되지 않았다.

"이제 과제 식물을 받으러 가야지?"

영린이 내 어깨를 두드리고는 먼저 관장실을 나섰다.

"오늘 시민 가족 회의 주제는 뭐였어요? 아주 오래 걸리던데요."

영린을 따라 걸으면서 물었다. 밝았던 영린의 얼굴이 조금 어두워졌다.

"조금 심각하게 의논할 일이 있었어."

영린이 이렇게 말하면서 앞으로 내 도움도 필요할 때가 올 거라고 말했다. 뭔가 더 묻고 싶었지만, 영린이 너무 심각해 보여서 그만두었다. 나중에 우현이에게 물어보면 되니까.

영린은 씨앗 도서관 온실 앞에 나를 세워 두고 혼자 안으로 들어가더니 뚜껑이 달린 작은 트레이를 들고 나왔다. 화분에 조그맣게 자라 있는 과제 식물을 보고 하마터면 울 뻔했다. 2단계 성장 과정에 들어섰을 때 모습 그대로여서 죽은 식물이 살아 돌아온 느낌이었으니까. 내가 과제 식물을 이렇게 사랑했는지 이전에는 미처 몰랐다. 제발 이번에는 너를 죽이지 않고 살려 낼 수 있기를.

8

다행히 과제 식물은 죽지 않고 조금씩 자라났다. 분명 수린 선배와 우현이가 신경 써 준 덕분이겠지만, 내 노력도 많이 보탬이 되었다고 믿고 싶다. 매일매일 트레이가 있는 온실에 들러서 식물을 들여다보는 내게 수린 선배는 지나치게 사랑하면 식물이 죽는다며 적당히 하라고 잔소리했다. 하지만 그런 적당한 무관심은 확신이 있을 때나 가능한 일이다. 식물의 신으로 불리는 선배야 식물을 무심히 내버려 두면서도 잘 사랑하며 키우는 법을 알겠지만, 살식마인 나는 무리였다. 내버려 두나 사랑하나 마찬가지로 죽어 버린다면 차라리 지나칠 정도로 사랑하고 싶다. 그러면 나중에 최소한 후회는 남지 않을 테니까.

선배는 내 트레이를 일부러 바깥에서 잘 보이는 곳에 놓아두었다. 내가 특혜를 받는다고 생각하는 학생들이 간혹 있을까 걱정해서였다. 그것도 모자라서 선배는 과제 식물을 키우는 과정에 이런저런 조언은 하면서도 트레이에 직접 손을 대지는 않았다. 재평가를 허락받은 일이 불공평하다며 뒤에서 험담하던 애들도 이 사실을 알고부터는 별로 나쁘게 굴지 않았다. 사실 그저 인기 많은 선배 덕분이 아닐까 싶다.

우현이는 가끔 시간을 내서 내 과제 식물을 보러 왔다. 수린 선배가 자신의 왕국인 온실에 우현이를 들이지 않을 수 있다고 각오했는데, 의외로 선배는 우현이를 순순히 온실로 들어오게 해주었다. 황무지 식물 지배자와 온실 왕국 주인이 만나는 순간 불꽃 튀는 사건이 생길 거라고 기대했던 나는 왠지 실망했다.

"생각보다 너무 씨앗 도서관원처럼 생겼잖아. 나는 씨앗 도서관원들을 좋아하니까 마음이 약해졌어."

선배가 그렇게 순순했던 이유를 나중에 알게 됐다. 도서관원처럼 생겼다는 편견은 바람직하게 들리지 않지만 무슨 뜻인지는 이해했다. 햇볕 아래에서 일하는 도서관원들의 눈매에 서리는 남다른 느낌이 우현이에게도 있었다.

그동안 작물에 관해서는 무식하다며 수린 선배를 무시했던 우현이는 온실의 식물들을 본 순간 넋이 나가 버린 모양이었다. 선배는 다양한 식물을 둘러보며 이것저것 묻는 우현이에게 거만한 얼굴로 설명을 시작하더니 나중에는 우현이와 나누는 대화에 푹 빠져 버렸다. 두 사람 곁에서 나도 열심히 들으려고 애썼다. 그런데 식물에 관한 전문적인 이야기가 너무 지루해서 집중하기가 어려웠다. 딴생각으로 빠져드는 동안, 드디어 이야기의 주제가 주말 자원봉사로 바뀌었다.

"청소년 활동가도 어른들이랑 같은 일을 하는 거지?"

수린 선배가 의욕이 충만한 얼굴로 물었다. 우현이는 약간 어물어물하면서 머리를 긁적였다.

"할머니가 도서관 일은 밖에서 함부로 말하지 말라고 했어."

말끝을 흐리며 우현이가 수린 선배와 내 눈치를 살폈다.

"남이라니."

수린 선배는 고개를 설레설레 젓더니 우현이 어깨를 탁탁 두드렸다.

"우리는 이미 청소년 활동가로 결정됐으니까 도서관원과 남은 아니지."

별로 설득력 있는 말은 아니었다. 그런데 우현이는 진작에 말하고 싶어서 입이 근질거렸는지 동의한다는 듯이 고개를 끄게 끄덕였다.

"어른인 도서관원들과 비슷한 일을 할 거래요. 그중엔 밤에 하는 일도 있어요."

우현이가 비밀스러운 이야기를 할 것처럼 목소리를 낮췄다.

"그게 뭔데?"

수린 선배가 눈을 빛내며 물었다. 나도 궁금해서 귀를 쫑긋 세웠다.

"몰라요."

김새는 대답이었다. 수린 선배는 기가 막힌 표정으로 우현이를 빤히 바라보았다. 조금 전까지 열심히 대화하던 두 사람 사이의 유대와 동맹이 와장창 깨지기 일보 직전이었다.

"관장님이 다 이야기하지 않았겠죠."

수린 선배가 험악하게 잔소리하기 전에 두 사람 사이에 끼어들었다. 선배는 나를 힐끔 쳐다보고 모르는 이야기를 왜 하느냐며 퉁명스럽게 나무라는 정도로 적당히 넘어가 주었다. 이번 주말부터 도서관 청소년 활동가로 활동하게 되어 기분이 나쁘지 않아서일 것이다.

집에 가니 할머니가 창가에 진지한 표정으로 앉아 있었다.

"우현이와 수린 선배가 생각보다 잘 지내요."

식탁에 저녁거리를 가져와서 먹으며 말을 꺼냈다. 내가 너무 늦어서 화가 났나 했는데 할머니의 말투는 부드러웠다.

할머니는 일단 내 과제 식물이 잘 자라고 있는 점과 두 사람이 나를 도와주는 점을 매우 흡족해했다. 경쟁적이던 두 사람 사이가 괜찮다는 사실에는 그럴 수 있다는 반응이었다.

"관심사가 같고 성격이 반대면 오히려 잘 맞는 경우가 많지."

그리고 할머니는 수린 선배가 지역 사회 공동체 의장 선거에 관심이 많다는 내 말에 흥미를 보이며 칭찬했다. 끝까지 정신을 똑바로 차리지 않으면 결국 바보 멍청이를 지지하는 어른이 되고 만다는 말을 덧붙이긴 했지만.

할머니 기분이 그다지 나빠 보이지 않았기 때문에 씨앗 도서관에서 활동가로 봉사할 거라는 말을 꺼내려고 눈치를 살폈다. 내가 독립적으로 결정한 일이어서 허락받을 필요 없이 알리기만 해도 되지만, 할머니 마음이 상하지 않았으면 했다.

"그런데 네 창가에 있는 화분, 우현이가 준 거니?"

느닷없이 할머니가 물었다.

그러고 보니 과제 식물에 정성을 들이는 것과 달리 우현이가 선물로 준 화분에는 전혀 신경을 쓰지 않았다. 그런데도 지금까지도 죽지 않고 잘 자라고 있다니 신기하다. 내 손에 들어왔으니 곧 죽을 가능성이 크지만.

"응. 우현이가 준 거야."

영린이 복원한 식물이라고 하면 싫어할 것 같아서 그냥 그렇게만 대답했다.

"혹시 정하가 돌보고 있어?"

화분을 받아 온 뒤로 물조차 준 적이 없다는 사실이 떠올라서 물었다. 할머니는 대답 대신 어떤 식물인지 궁금했다고 했다.

"잎사귀 모양을 보니……."

할머니는 더 말하려다가 멈추고 나를 빤히 바라보았다.

"나한테 무슨 말 하려고 하지 않았니?"

대답하기 싫을 때면 화제를 돌리는 할머니의 습관이 나왔다. 잎사귀 모양이 어떻다는 건지 궁금했지만, 묻는다고 순순히 답해 줄 분위기가 아니어서 포기했다. 그 대신 할머니가 먼저 물어 준 것을 다행으로 여기고 씨앗 도서관 청소년 활동가로 활동할 거라는 말을 꺼냈다. 안 좋은 소리를 한마디라도 할 줄 알았는데 의외로 할머니는 그냥 고개만 끄덕였다. 딴생각에 빠진 할머니의 시선이 다시 거실 창가로 향했다. 내 방 창가에 놓아두었던 화분이 어느새 그곳으로 옮겨져 있었다.

9

씨앗 도서관 자원봉사 활동을 가는 오늘, 나는 기분이 좋았다. 어제 과제 식물 1차 평가에 통과했기 때문이다. 과제 식물이 잘 자란 듯 보였지만, 겉보기에만 그렇고 뿌리가 물러 버린 적이 있었기 때문에 평가 당일까지도 과연 통과할지 확신하기가 힘들었다. 우현이와 수린 선배 그리고 영린이 살식마 대책 위원회라도 된 것처럼 과제 식물을 꼼꼼히 살피면서 이상이 없다고 몇 차례 확인해 줘도 선생님 입으로 듣기 전까지는 믿지 않았다. 그리고 드디어 선생님이 어깨를 두드리며 잘했다고 말했을 때, 내가 얼마나 기분이 좋았는지는 말로 표현하기 힘들 정도다.

어제 그렇게 평가를 끝내고, 엄마에게 알려 주고 싶어 학교를 마치자마자 곧장 통신국으로 달려갔다.

그런데 대기 시간이 길어지는 바람에 생생한 기쁨을 엄마보다 텔런에게 먼저 털어놓게 됐다. 텔런은 어린이용으로 사용하는 귀여운 토끼 모습으로 나타나서 길쭉한 귀를 쫑긋거리며 내 이야기에 귀를 기울였다. 어린애 취급 하는 것 같아서 자존심이 조금 상했지만, 기쁜 날이니 그냥 넘어가기로 했다.

— 여러 사람이 힘을 보태 줬구나.

혼자 해내지 않았다고 비꼬는 것 같아서 반박하려는 찰나, 텔런이 말을 이었다.

— 나도 도와주고 싶네.

텔런은 긴 앞니를 드러내고 킥킥 웃었다. 그러다가 느닷없는 말을 했다.

— 이언, 나를 대여하는 건 어때?

교육용으로는 자신을 복제할 수 있는 규정이 있다면서, 학습용으로 자신을 대여하겠다고 신청해 볼 것을 권했다.

내가 별 대꾸가 없자 텔런은 자신을 대여하면 좋은 점을 열심히 설명했다. 자신은 백과사전이나 마찬가지니까 내 과제를 비롯한 여러 일에 도움을 줄 수 있을 거라고 강조했다. 꼭, 자신을 대여하라고 강요하는 느낌이었다.

"텔런, 내가 널 대여해야 하는 다른 이유가 있는 거 아니야?"

끈질기게 설득하는 텔런에게 물었다. 텔런은 귀를 쫑긋거리며 난감한 표정으로 나를 바라보다가 결심한 듯이 입을 열었다.

— 이유를 말해 줄 테니 다른 사람에게는 말하지 마. 특히 어른들한테는.

진지하게 말하는 텔런에게 고개를 끄덕였다.

— 텔런들은 네트워크로 연결되어 있어. 그런데 얼마 전부터 연결되지 않는 텔런들이 생겼어.

토끼 모습을 한 텔런이 부르르 떨었다. 겁먹은 것처럼 보여서 가여웠다.

— 텔런은 각 지역 통신국 사이에서 오가는 통신을 관리해. 텔런과 연결이 되지 않는다는 뜻은 그 지역에서 다른 지역으로 소식을 보낼 수 없다는 뜻이야.

텔런은 무슨 일이 일어났는지 알아보려고 열심히 조사 중이라고 했다.

— 그렇지 않기를 바라지만, 그 지역 텔런이 삭제된 것일 수도 있어. 만약 나한테 그런 일이 생긴다면 복제된 텔런이 있어야 통신국을 복구할 수 있어.

토끼 모습의 텔런이 간절하게 부탁하는 것처럼 앞발을 모았다.

우리 지역에서 믿을 사람은 나밖에 없다고 했다. 솔직히 그 말을 곧이곧대로 받아들이지는 않았다. 그냥 부탁을 들어줄 것 같은 사람을 골랐을 뿐이겠지. 게다가 나랑 친하기도 하니까.

"말하자면 위험을 대비하는 거구나."

마음을 굳히고 말했다. 텔런이 지역을 걱정해서 부탁하는 일이니까 들어주고 싶었다.

대여를 신청하겠다는 내 말에 텔런은 기분 좋은 표정으로 귀를 쫑긋거렸다. 그러고는 곧 엄마와 통화를 연결해 주었다.

화면에 나타난 엄마를 보자마자 나는 숨도 쉬지 않고 과제 평가에 통과했다고 얘기를 했다.

"드디어 통과했구나!"

엄마는 나보다 더 기뻐하면서 펄쩍펄쩍 뛰었다. 보한도 날뛰는 엄마를 진정시키면서 축하해 주었다. 포기하지 않고 도전하는 모습이 정말 멋지다고 몇 번이나 칭찬하면서 분명 다음 평가도 통과할 수 있을 거라고 했다.

"너무 기대는 하지 마."

나는 두 사람이 기대했다가 실망할까 봐 흥분을 가라앉히며 말했다. 사실 나 자신에게 하고 싶은 말이었다. 엄마는 기대했다가 실패하더라도 도전해 보는 것 자체가 중요하다고 했다.

"그래서 엄마도 새로운 도전을 하고 있어."

알쏭달쏭한 말이었다. 무슨 뜻이냐고 되물었지만, 엄마는 그냥 나중에 알게 될 거라고 얼버무리더니 할머니 안부로 화제를 돌려 버렸다. 곧 지역 사회 공동체 의장 선거가 있는데 할머니가 어떻게 지내는지 무척 궁금한 것 같았다. 엄마가 없어서인지 할머니는 집에서 선거 이야기를 꺼내지 않는다. 지지하는 후보가 누구인지는 알지만, 엄마가 있을 때처럼 후보의 공약이나 됨됨이를 시시콜콜 크게 떠들어 대는 일이 없었다. 이번처럼 조용한 선거는 처음이라는 내 말에 엄마가 큰 소리로 웃어 댔다.

“이번엔 지지하는 후보가 같으니까 내가 집에 있었어도 그리 시끄럽진 않았을 거야.”

할머니와 통화할 때도 후보 때문에 싸우지 않는다며 엄마가 덧붙였다. 그렇지만 나는 그 말에 전혀 동의하지 않았다. 지지 후보가 같으니까 연합군처럼 뭉쳐서 싫어하는 후보를 욕하느라 시끄러웠을 것이다. 두 사람은 그걸 평화라고 여기는지 모르겠지만, 내게는 또 다른 전쟁터 같았다. 평화란 적군도 연합군도 없을 때나 가능하다. 할머니가 정치 기사를 읽으며 홀로 침묵하는 오늘 아침처럼 말이다.

나는 나갈 채비를 마치고 씨앗 도서관으로 출발했다. 주말이어서 그런지 한산하던 거리를 오가는 사람과 자전거가 제법 눈에 띄었다. 커다란 차가 지나가서 잠시 자전거를 멈추고 구경했다. 저렇게 큰 차는 흔치 않아서 신기했다. 우리 마을에서 사용하는 공유 차량인 줄 알았는데 옆에 ‘식물 병원’이라고 큼직하게 적혀 있었다. 차는 느릿느릿 여기저기를 누비며 지나갔다. 항상 이곳저곳 기웃대면서 걷는 식물 병원 원장님 모습과 비슷했다.

게시판이 있는 갈림길을 지나자, 저만치 앞에 걸어가는 수린 선배가 보였다.

"선배!"

선배가 뒤돌아보았다. 나는 자전거에서 내려 끌고 가며 선배와 나란히 걸었다.

"식물 병원 차량이 지나가는 것 봤어요?"

"봤어. 원장님 친구인 다른 지역 연구원이 들렀다가 선물로 주고 갔대."

지난번에 사과를 두고 갔다는 그 연구원일 것 같았다. 사과만 두고 떠난 게 아니라 다시 찾아와서 차를 선물한 걸까? 그렇다면 수상한 사람은 아니니까 다행이었다. 연구원 이야기를 듣고 해나 표정이 이상해 보였던 것은 순전히 내 기분 탓이었나 보다.

수린 선배는 월요일에 식물 병원 원장님이 강연하러 학교에 온다는 소식을 전해 주었다. 온실 관리 문제로 선생님들과 의논하다가 들었다고 했다. 원장님은 강연하지 않으려고 했는데 학생회에서 조른 모양이었다. 교통수단이 한정된 탓에 지역 간 이동이 어렵지만, 식물 병원이 소속된 중앙 식물 연구소 연구원들은 식물 지도를 만들기 위해 전 세계를 자유롭게 돌아다닌다. 그래서 연구원에 관심을 둔 학생들이 많았다.

나는 연구원에는 큰 관심이 없지만, 원장님이 학교에 온다니 기뻤다. 그렇지만 티는 내지 않았다.

그때 우현이가 인사하며 다가왔다.

"할머니가 봉사실에서 기다리래요."

우현이가 말하면서 작은 종이봉투를 만지작거렸다.

"그게 뭐야?"

내가 봉투에 적힌 '식물 병원'이라는 글씨를 읽는 동안 선배가 우현이에게 물었다.

"원장님이 나눠 줬어요."

우현이는 봉투를 황급히 주머니에 집어넣었다. 당황하는 모습이 좀 수상했다. 그깟 씨앗을 감출 이유가 뭐람?

내가 미심쩍다는 표정으로 빤히 바라보자 우현이는 딴소리를 하며 서둘러 도서관 건물로 들어가 버렸다. 전부 이상했지만 왜 그러는지 캐물을 기회가 없었다.

씨앗 도서관은 시민 가족회의가 열리던 날보다 훨씬 북적였다. 종종걸음으로 바쁘게 지나가는 사람들 때문에 어수선했다.

"지역 사회 공동체 임시 회의 준비 때문에 바빠서 그래."

급히 지나가는 어른들 뒷모습을 내가 의아하게 바라보자 우현이가 말했다.

"지역 사회 공동체 임시 회의?"

수린 선배가 조금 놀란 듯한 목소리로 물었다. 놀라기는 나도 마찬가지였다. 지역 사회 공동체 회의는 우리 지역 사람들이 모여서 중대한 일을 의논하고 결정하는 자리다. 협동 농장이나 씨앗 도서관처럼 지역에서 중요한 단체를 대표하는 사람들도 참석하지만, 관심 있는 사람이면 누구나 참여할 수 있다. 어른이 아닌 우리도 마찬가지다.

지역 사회 공동체 회의는 1년에 한 번 정기적으로 열리는데, 회의라기보다는 서로 만나서 안부를 나누고 즐겁게 시간을 보내는 모임이라고 할머니에게서 들은 적이 있다. 그때 할머니는 '임시'로 소집되는 회의에서나 중대한 일을 의논한다고 했다. 최근 몇 년 동안에는 지역 사회 공동체 임시 회의가 열린 적이 없었다.

"무슨 큰일이라도 생겼어?"

우현이에게 조심스럽게 물었다.

"약탈자들을 대비하는 거라고 들었어. 아직 회의 날짜는 정해지지 않았고."

우현이가 대답해 주었다.

활동실은 오가는 사람들로 수선스러운 복도 끝에 있었다. 영린은 관장이니까 당연히 바쁠 거라고 여겼는데 뜻밖에 활동실에서 어른 봉사자들과 이야기를 나누고 있었다. 우리가 들어가자 영린은 대화를 마무리하고 우리에게 가까이 오라고 손짓했다. 그러자 심각한 얼굴로 모여 있던 어른들이 우르르 일어섰다.

"여러분! 씨앗 도서관의 첫 청소년 활동가들입니다. 환영해 주세요."

영린이 힘찬 목소리로 말하자 어른들은 큰 박수와 함께 반갑다고 인사를 건네 왔다. 이렇게 많은 사람에게 환대받은 적이 없어서 어쩐지 어색하고 부끄러웠다. 우현이도 나와 비슷한 느낌인지 어른들이 다 나갈 때까지 고개를 푹 숙이고 있었다. 당당한 태도로 환영 인사를 받은 사람은 수린 선배뿐이었다.

"네가 수린이구나."

영린이 수린 선배를 보며 환하게 웃었다. 그러자 방금까지만 해도 아무렇지 않던 선배가 갑자기 얼어붙더니 어색하게 인사했다. 존경하는 관장님이어서 긴장한 모양이었다. 선배는 21세기주의자인 영린에게 잘 보이려고 평소엔 무시하던 지역어의 존댓말 연습을 했는데 영린에게 이 사실을 알릴 방법이 없어서 딱했다. 영린은 씨앗 도서관을 자주 방문하는 선생님에게서 이야기를 많이 들었다며 우리의 활약을 기대한다고 했다.

활약이라니. 수린 선배와 우현이를 번갈아 쳐다보았다. 두 사람은 뭐든 식물 기르기와 관련된 활약을 펼치겠지만 살식마인 나는 민폐나 끼치지 않으면 다행이다.

"우선 너희가 할 일은 지역 사회 공동체 임시 회의 준비를 돕는 거란다."

자원봉사자 명단에 등록하는 절차를 마친 뒤에 영린이 말했다.

"회의 준비요?"

선배의 목소리엔 놀라움과 실망이 가득했다. 식물의 신인 내가 어째서 회의 준비나 해야 하느냐는 분노의 외침이 귀에 들리는 것 같다.

"씨앗 도서관이 주최하게 될 거고, 너희는 씨앗 도서관의 활동가들이니까."

문제가 있느냐는 얼굴로 영린이 수린 선배를 바라보았다. 선배는 약간 떨떠름한 표정을 지었지만, 이내 불쾌한 감정을 숨기고 생긋 웃었다.

"그리고 또 한 가지. 밤의 정원 프로젝트에도 참여해야 해. 자세한 설명은 차차 할 테니까 일단 저녁 시간을 비워 놓으렴."

우현이가 전에 말했던 밤에 하는 일이 이 프로젝트인가 보다. 그런데 프로젝트 이름이 '밤의 정원'이라니 아주 수상쩍게 들렸다. 눈빛을 보니 선배도 나와 같은 생각인 듯했다. 하지만 영린이 나중에 설명할 거라고 해서인지 더 묻지는 않았다.

우리는 영린이 자리를 뜬 후에 어른 활동가들에게서 지역 사회 공동체 임시 회의 준비를 위한 여러 가지 일을 지시받았다. 회의 개최가 결정되면 씨앗 도서관에서 공동체 회의가 열리는 날짜를 지역 전체에 알린다. 우리 일은 그 후부터 회의 자료를 정리하고 회의 장소를 꾸미는 것이었다. 식물과 관련된 일을 할 거라고 예상했던 수린 선배는 다소 김빠진 얼굴이었지만, 공동체 회의 개최를 돕게 되어 기쁘다고 했다. 평소 식물에만 관심이 있는 선배이기에 그 말이 진심인지는 미심쩍었다.

"선배는 씨앗 도서관에서 활동하면서 뭘 배우고 싶어요?"

함께 돌아가는 길에 수린 선배에게 물었다.

"토지 경작이 가능해졌을 때 식물을 자연적으로 번식시키는 방법."

조금 놀랐다. 역시 선배는 내가 생각하지 못한 것까지 생각한다. 내심 식물을 자연적으로 번식시키는 것은 원점 시대인 지금은 당연히 불가능하다고 보았던 내가 부끄러웠다.

"토지 경작이 가능한 날이 올까?"

우현이가 혼잣말처럼 중얼거렸다.

그날 밤, 대여 절차를 끝낸 텔런이 내 또래 여자아이 모습으로 태블릿에 나타났다. 텔런이 그런 모습으로 나타나리라고는 전혀 생각하지 못했기 때문에 깜짝 놀라고 말았다.

— 안녕, 이언. 친구처럼 보이려고 했는데 마음에 들지 않는 모양이구나.

어색해하는 내 얼굴을 보고 텔런이 웃었다.

— 원하는 모습이 있다면 말해. 그 모습으로 나타나 줄게.

나는 잠시 고민하다가 텔런이 원하는 모습으로 존재하기를 원한다고 대답했다. 모든 존재는 스스로 존재하는 방식을 결정할 수 있어야 한다는 할머니의 굳센 주장을 떠올리면서.

10

과제 식물 1차 평가를 통과한 뒤, 2차 평가를 향해 고군분투하는 시간이 시작되었다. 생각보다 수월하게 1차 평가를 통과해서인지 긴장감이 조금 덜한 기분이었다. 게다가 텔런까지 지원군으로 집에 와 있어서 더 든든했다.

식물 병원 원장님의 특강을 들으려고 소강당에 도착했을 때, 반대편에서 걸어오는 수린 선배가 보였다. 선배는 나를 발견하자마자 가까이 오라며 손가락을 까닥거렸다. 기분 나쁜 손짓이었지만 애들이 보고 있어서 착한 후배처럼 얌전히 선배 곁으로 갈 수밖에 없었다. 선배는 나를 옆자리에 앉히고 팔짱을 꼈다.

사회를 맡은 선생님이 식물 병원 원장님을 소개했다. 우리 지역 주민 중에 원장님을 모르는 사람은 없을 텐데. 오늘 원장님 가슴에는 중앙 식물원 연구원임을 나타내는 배지도 달려 있었다. 원장님은 우리를 쭉 훑어보면서 친절하게 인사를 건넨 뒤에 강의를 시작했다. 학생들은 식물을 연구하기 위해 전 세계를 다녔던 원장님의 모험담에 더 눈을 반짝였지만, 주된 강의 내용은 협동 농장의 수경 재배와 씨앗 도서관에서 시도하는 토지 경작의 장단점이었다.

원장님은 수경 재배와 토지 경작 중 어느 쪽이 더 낫다는 결론은 내지 않았다. 협동 농장과 씨앗 도서관을 각각 지지하는 시민들이 상대를 비난하며 싸우는 현실을 알기 때문일 것이다.

옆에 앉은 수린 선배는 강의가 시작된 후부터 꼼짝하지 않고 앞만 바라보고 있었다. 선배가 강의를 들으면서 무슨 생각을 하는지 궁금해서 힐끔 쳐다보았다. 선배는 한결같이 진지한 표정으로 집중해서 강의를 듣고 있었다.

강의 내용은 식물 병원에서 하는 일로 바뀌었다. 식물 병원에서 있었던 재미있는 에피소드를 소개하자 여기저기서 웃음이 터졌다. 강의가 즐겁게 마무리된 후에는 교장 선생님이 앞으로 나와서 다음 주에 예정된 공개 토론을 안내했다.

"토지 경작 연구와 협동 농장 증설 중 어느 쪽에 찬성하는지 입장을 선택한 다음 토론 수업을 할 예정입니다."

강의가 끝나자 식물 병원에서 가져온 씨앗을 나눠 주었다. 중앙 식물 연구소에서 디자인한 식물인데, 물에 가만히 담가 놓기만 해도 엄청난 속도로 쑥쑥 자란다고 했다.

"심지어 살식마로 불리는 이언도 이 식물은 죽이기 어려울걸?"

씨앗을 받아 드는 내 곁으로 다가온 식물 병원 원장님이 그렇게 말하며 웃었다. 재치있는 농담이라고 생각했겠지만, 애들 앞에서 대놓고 살식마라고 하다니 기분이 나빴다.

"할머니가 관상용 식물은 아무짝에도 쓸모없다고 했어."

평소처럼 친절한 원장님에게 오늘은 심술이 나서 퉁명스럽게 말했다.

원장님은 내 기분을 알아챘는지 나를 힐끔 바라보고는 다른 이야기로 말을 돌렸다.

"씨앗 도서관 활동가가 됐다며? 우현이한테 들었어."

평소 같으면 신나게 떠들었을 테지만 원장님의 농담에 속이 상해서 그럴 기분이 아니었다.

"중요한 프로젝트 담당이야."

나는 원장님과 더 이야기하기가 싫어서 대단한 일을 맡은 양 대충 얼버무렸다.

"기분 풀리면 차 마시러 놀러 와."

원장님은 그쯤에서 나를 달래기를 포기하고 씨앗을 나눠 주는 직원을 도우러 가 버렸다.

나는 씨앗이 든 작은 봉투를 주머니에 넣고는 강당 입구 쪽으로 걸어가고 있는 수린 선배를 향해 뛰어갔다.

"선배는 다음 주 토론에서 토지 경작을 찬성할 거죠?"

수린 선배를 따라잡고서 물었다. 토지 경작에 관심이 있어서 씨앗 도서관 자원봉사까지 신청했으니 당연히 그러리라고 추측했는데, 선배는 생각 중이라고 대답했다

"나는 좋아하는 것과 바람직한 것을 구분 못 하는 가벼운 사람이 아니야."

선배가 내 생각을 눈치챈 것처럼 내 이마를 손가락으로 툭 치면서 잘난 척하는 투로 말했다.

과연 영재는 다른가 보다. 좋아하는 관심 분야가 있더라도 사회를 위해 어느 쪽이 더 나을지 고민하는 모양이지? 할머니는 똑똑한 아이들이 자신이 좋아하는 일보다 남을 위한 일을 선택하는 것만큼 슬픈 건 없다고 한 적이 있다. 토지 경작 연구를 좋아하는 선배가 연구원이 되지 않고, 선생님들이나 어른들의 기대대로 농장에서 농부로 일한다면 슬플 것 같았다.

"왜 그런 눈으로 봐?"

수린 선배가 살짝 인상을 찌푸리며 물었다. 내 마음이 표정에 드러난 모양이었다. 선배는 내가 자신을 안쓰럽게 여긴다는 사실을 알면 불쾌해할 것이다.

"잠시 딴생각했어요."

얼버무리며 강당을 나가려고 몸을 돌렸다. 그런데 뜻밖에도 우현이가 강당 입구에 서 있었다. 놀랍고 반가워서 인사를 하며 우

현이에게 달려갔다.

"식물 병원 원장님이 오라고 해서 왔어."

우현이가 손에 든 산소 여과기를 만지작거리며 말했다.

"온 김에 학교 구경할래?"

말을 꺼내면서 수린 선배 눈치를 보았다. 선배는 나를 가만히 바라보다가 홱 고개를 돌렸다.

"기왕 왔으니까 구경하고 가."

선배는 이렇게 말하더니 우현이를 데리고 학교 이곳저곳을 보여 주었다. 마주치는 애들마다 우현이를 신기하게 바라보았다. 우현이는 부끄러운지 따라붙는 시선을 피하면서 교실과 특별실을 구경했다.

"혹시 학교에 다니고 싶어?"

학교 건물을 다 둘러보고 나오면서 선배가 우현이에게 물었다. 우현이는 대답 대신 그냥 손을 만지작거렸다.

"중앙 식물 연구소 연구원이 되려면 학교에 다녀야 할까?"

우현이가 혼잣말처럼 중얼거렸다.

수린 선배와 헤어져서 돌아가는 길에도 우현이는 생각에 빠져 있었다. 내가 무슨 말을 하건 건성으로 대답하는 것이 느껴졌다.

"진짜 중앙 식물 연구소 연구원이 되고 싶어?"

잠시 말없이 걷다가 우현이에게 불쑥 물었다. 우현이는 화들짝 놀라며 생각에서 깨어났다.

"어, 응."

우현이가 멋쩍어하며 대답했다.

우현이는 식물을 좋아하니까 좋은 연구원이 될 수 있을 것이다. 그렇지만 연구원이 되면 한 지역에 머무르지 않고 전 세계를 계속 돌아다닌다. 그러면 우현이를 지금처럼 자주 볼 수가 없겠지. 갑자기 지금 당장 우현이가 멀리 떠나서 헤어지는 것처럼 슬퍼졌다. 바보 같다.

나는 우현이의 얼굴선을 눈으로 따라 그리며 가만히 바라보았다. 웃는 얼굴을 보는 것도 좋지만, 진지한 얼굴을 보는 것도 기분 좋다.

"학교를 안 다녀도 연구원은 할 수 있을 거야. 넌 학교 다니는 애들보다 식물에 대해 훨씬 많이 알잖아!"

우울해지는 기분을 떨치려고 일부러 명랑하게 말했다. 우현이가 연구원이 되지 말았으면 하는 솔직한 마음을 숨기면서.

"학교에 다녀야 한다고 했어."

내 마음은 눈곱만큼도 모를 우현이가 울적하게 말하는 바람에 내 기분까지 가라앉았다. 우현이가 정말로 연구원이 돼서 여기를 떠날 날이 오는 걸까?

"누가 그래?"

"연구원……. 아니, 그러니까, 원장님이."

어째서인지 우현이가 당황하는 느낌이 들었다.

"아차! 오늘은 밤의 정원 프로젝트가 있는 날이네."

미심쩍어하는 내 눈길에 우현이는 허둥대면서 얼른 말을 돌렸다. 더 캐물으려다가 그만두기로 했다. 우현이가 연구원이 되어 떠난 뒤의 일을 더는 상상하고 싶지 않았으니까.

"밤의 정원 프로젝트가 뭔지 나한테만 살짝 말해 주면 안 돼?"

가라앉는 기분을 떨치며 우현이에게 물었다. 우현이는 고개를 저었다.

"밤의 정원 프로젝트가 뭔지는 할머니가 직접 말씀하셔야 해."

우현이는 자원봉사가 시작되면 알게 될 거라며 말을 아꼈다. 그래서 나도 더 묻지 않기로 했다.

우현이와 헤어진 뒤 통신국에 들렀다. 우현이와 같이 다니느라 한참 늦었는데도 엄마가 기다리고 있었다. 화면으로 엄마 얼굴을 보니 직접 마주 보고 싶어졌다. 가끔은 보한과의 사랑이 끝나고 엄마가 하루빨리 집으로 돌아왔으면 하는 마음이 든다. 이기적인 마음이라 차마 입 밖으로 내지는 못하지만.

엄마는 내 과제 식물이 잘 자라고 있다는 소식에 기뻐하면서 선거일에 맞춰 집에 올 거라고 했다.

"우현이가 연구원이 되고 싶대."

아까부터 계속 머릿속에서 맴돌던 생각을 엄마한테 얘기하고 말았다. 마음이 갑갑해서, 말하고 나면 나아질 것 같았다.

"우현이라면 잘할 거야."

엄마는 내가 우현이에게 했던 것과 똑같은 말을 했다. 보한도 연구원 경험이 있으니까 도움을 줄 수 있을 거라고도 했다. 전 세계를 여행하며 다양한 식물을 만나는 일이라 우현이는 분명 행복할 거라며 엄마가 웃는 순간, 괜히 말했다는 생각이 들었다.

"그런데 왜 당장이라도 울 것처럼 그래?"

어느 순간, 엄마가 말을 뚝 멈추더니 물었다. 그 말을 들으니 정말로 눈물이 날 것만 같았다. 엄마는 눈이 동그래진 채로 할 말을 잃고 나를 빤히 바라보았다.

"이언, 저기……."

엄마가 뭐라고 말하려는 순간, 내가 화제를 돌려 버렸다.

"엄마의 새로운 도전은 잘 되고 있어?"

전에 엄마가 했던 말이 기억나서 물었다. 엄마는 여전히 새로운 도전이 뭔지는 말해 주지 않고 웃으면서 고개를 끄덕였다.

"때가 되면 알려 줄게"

이렇게 말하는 엄마는 많이 행복해 보였다. 보한은 엄마의 새로운 도전이 뭔지 알 거라고 생각하니 질투가 났다. 저기, 엄마. 그래도 엄마에겐 보한보다 내가 더 소중하지? 묻고 싶은 마음을 꾹 참고 전화를 끊은 후에 통신국을 나섰다. 어쩐지 쓸쓸한 오후였다.

11

할머니가 거실 창가에 놓아둔 민들레는 푸릇함을 뽐내며 잘 자라고 있다. 원예 식물에는 관심 없는 할머니가 정성 들여 키우는 모습이 의외였다. 가끔은 민들레를 가만히 바라보며 깊은 생각에 잠긴 할머니를 목격하기도 한다. 무슨 생각을 하는지는 알 길이 없지만.

선거일이 다가오면서 할머니는 계속 바쁘게 지냈다. 지지 후보 홍보에 열심이라 내게 기울이는 관심이 줄었다. 간섭이 적으니 오히려 할머니와 평화롭게 지내는 나날이었다.

텔런도 요즘 무척 바빴다. 내가 불러도 한참 동안이나 대답하지 않을 때도 있다. 무슨 일을 하는지 물어봤더니, 새집으로 이사해서 짐 정리하는 거랑 비슷한 일을 한다고만 했다. 텔런에게 진짜 짐이 있을 리는 없으니까 부지런히 데이터를 정리한다는 의미로 이해해 주기로 했다.

— 이언, 전에 식물 병원 원장님에게 사과를 주고 간 연구원이 있다고 했지?

화면에 불쑥 나타난 텔런이 물었다.

— 혹시 만나 봤어?

나는 고개를 저었다. 그러고 보니 처음엔 이상하게 여겼는데 어느새 잊고 있었다. 아마 그동안 별일이 없었기 때문일 것이다.

— 사과를 재배하는 가장 가까운 지역이 어디인지 궁금하네. 식물 지도에서 찾아봐야겠어.

갑자기 왜 궁금해진 거지? 의아해하며 다음 말을 기다렸지만, 정적만이 이어졌다. 불러도 텔런은 대답이 없었다. 식물 지도를 훑어보느라 바쁜 모양이었다.

— 찾았어.

얼마 후에 나타난 텔런이 말했다.

— 그런데 사과를 재배하는 가장 가까운 지역에는 최근 중앙 식물 연구소 연구원이 머무른 기록이 없어.

굳이 연구원의 행적을 조사하다니, 텔런이 뭔가를 이상하게 여기는 게 분명했다. 식물 병원 원장님한테 다녀갔다는 연구원이 수상했다는 내 말 때문인지도 모르겠다.

"그러면 다른 지역에서 왔을 수도 있잖아."

괜한 걱정일 거라 여기며 말했다.

연구원이 식물 병원에 사과를 두고 간 지가 벌써 일주일이 넘었지만, 그동안 아무 일도 일어나지 않았다.

— 다른 지역에서 왔다면 정말 이상한 일인데.

텔런이 걱정스럽게 말했다.

— 사과가 상하지 않게 가져올 만한 거리에 있는 지역은 한 군데밖에 없어.

이어진 말에 나는 심장이 멎을 뻔했다.

— 약탈자에게 습격당한 지역.

습격당한 지역의 사과가 우리 지역에 들어왔다고? 갑자기 머릿속이 뒤죽박죽되면서 겁이 났다. 마치 약탈자를 바로 코앞에서 만난 기분이었다. 무서워서 당장 해나를 찾아가 이 사실을 털어놓고 싶었다. 경비대라면 우리를 든든히 지켜 줄 테니까.

— 해나에게 말하면 내가 여기 있는 걸 들킬 거야.

당황해서 어쩔 줄 모르는 나를 텔런이 진정시켰다.

— 연구원이 무사한 걸 보면 약탈자가 습격하기 전에 지역을 떠났거나 무사히 도망친 거야. 해나가 연구원을 만난다면 약탈자에 관한 정보를 얻을 수 있을지 몰라. 그러면 우리 지역에 도움이 되겠지.

그런데 텔런이 말해 줬다는 사실을 숨기고 해나에게 어떻게 말하지? 내가 고민하는 동안 텔런은 다시 사라졌다. 추가로 자료를 찾아서 정리하고 있는 것 같다.

한참 후에 다시 나타난 텔런은 지금까지 약탈자에게 습격받은 마을 정보를 모아서 분석해 보겠다고 했다.

— 그러니까 이언, 너는 걱정할 필요 없어.

'무슨 소리야!'라는 말이 목구멍까지 올라왔다. 내가 할 수 있는 일이 걱정뿐인걸. 밤새 잠이 올 것 같지 않았다. 텔런은 내 생각을 읽기라도 한 듯, 내가 좋아하는 역사 이야기를 시작했다.

역사 속에서 강한 신념으로 사회에 좋거나 나쁜 영향을 끼친 사람들의 이야기는 감동스럽기도 하고 끔찍하기도 했다. 잠들기 전에 신념이 강한 사람, 그러니까 할머니와 씨앗 도서관 관장 영린의 얼굴을 차례로 떠올렸다. 두 사람 다 주변에 좋은 영향만 끼치면 좋겠다. 그렇지만 할머니의 경우엔 내 바람이 통할지 자신이 없었다.

이튿날, 늦은 아침을 먹으면서 할머니의 뒷모습을 우두커니 바라보았다. 할머니가 내게 미친 좋은 영향과 나쁜 영향이 무엇인지 고민하면서.

"오늘은 씨앗 도서관에서 보낼 거니?"

내 시선을 느낀 할머니가 외출 준비를 하다가 돌아보며 물었다. 오늘은 씨앗 도서관에서 반나절 동안 활동하는 주말이었다.

"응."

고개를 끄덕이며 할머니 얼굴을 바라보았다.

"선거일에 맞춰서 엄마가 올 거래요."

약간 들뜬 목소리로 말했다. 할머니는 연락받았다며 고개를 끄덕였다.

"그런데 씨앗 도서관에서 어떤 활동을 하는 거니?"

할머니가 관심을 보이며 물었다. 씨앗 도서관 일이어서 싫은 티를 내지 않는 것만도 다행스럽게 여겼는데 뜻밖이었다. 나는 지역 사회 공동체 임시 회의를 준비하는 일을 돕는다고 알려 주었다.

"공동체 임시 회의가 열린다고?"

할머니가 심각해지며 물었다.

"약탈자를 대비하는 회의래. 아직 날짜가 정해지진 않았고."

약간 거들먹거리며 대답했다. 할머니는 좀 우습다는 표정으로 나를 힐끔 바라보았다.

"하긴 언제든 일어날 수 있는 일이니까 대비를 해야겠지."

그러면서도 할머니는 대비한다고 막을 수 있겠냐며 투덜거렸다. 철저하게 대비한 지역도 순식간에 당했다면서.

아마도 텔런은 그 지역들이 어디인지, 거기에서 무슨 일이 일어났는지 분석을 끝냈을 거다. 약탈자들의 습격이 어떻게 시작되는지, 어떤 일이 일어나는지, 습격에 대비하려면 무엇을 해야 하는지 텔런에게 물어보고 싶었다. 그런데 한편으로는 무서워서 망설여졌다.

"가족 공동체 임시 회의 준비가 다야? 식물과 관련된 활동은 없어?"

할머니는 불안해하는 나를 힐끗 보더니 말을 돌렸다.

"밤의 정원 프로젝트에 참여해야 할 거래."

무서운 기분을 떨쳐 내며 대답했다.

"그게 뭔데?"

나는 아직 모른다고 했다. 한심하다는 듯이 바라보는 할머니의 시선은 무시했다. 엄청난 프로젝트라서 설령 알게 된다고 해도 할머니에겐 말할 수 없다고 했더니 코웃음 치는 소리가 들렸다. 분해서 민들레 화분에 물을 주려고 뒤돌아서는 할머니 등 뒤에 대고 혀를 쏙 내밀었다. 할머니는 흙에 물이 스며드는 걸 지켜보며 한참 동안 가만히 서 있었다. 이럴 때면 할머니가 다른 사람이 된 기분이 든다.

"정하는 그 화분이 마음에 들어?"

등 뒤에 대고 문득 물었다. 할머니는 대답하지 않았다. 역시 씨앗 도서관에서 받아 온 화분이니까 좋아해도 좋아한다고 말할 수는 없겠지.

"그 식물 이름 알려 줄까?"

필요 없다는 듯이 코웃음 치는 소리가 들렸다. 그럼, 그렇지. 할머니가 화분에 심긴 식물을 좋아한다고 의심했던 내가 멍청하다. 그런데 뜻하지 않은 대답이 돌아왔다.

"알고 있어. 이 식물 이름은 민들레야."

나는 눈을 동그랗게 떴다.

"어떻게 알았어?"

"어떻게 모를 수가 있니. 내가 복원한 씨앗인데."

할머니는 천천히 돌아서며 아무렇지 않게 담담한 투로 대답하고는 놀란 나를 쳐다보지도 않고 곧장 집을 나섰다.

할머니가 복원한 씨앗이라니. 와다닥 달려가서 화분 속의 민들레를 바라보았다. 할머니 말이 사실일까. 관상용 식물에는 전혀 관심을 두지 않는 할머니였다. 식량 문제와 무관하고 쓸데없이 예쁘기만 한 꽃을 복원했다니 믿기지 않았다. 더구나 씨앗 도서관에서 자기가 복원한 씨앗을 사용하게 그냥 내버려 두다니 할머니답지 않았다.

창가로 다가가서 멀어져 가는 할머니 뒷모습을 바라보았다. 그러고 보니 할머니는 젊은 시절 이야기를 한 적이 거의 없었다. 날마다 오늘과 내일의 사회와 인류 문제에 관해서만 깐깐하게 목소리를 높였기 때문에, 오늘 내가 보는 할머니가 아닌 과거 모습은 상상해 본 적이 없었다. 예전에 할머니는 원예 식물에 관심이 있었던 걸까?

할머니의 젊은 시절이 궁금해졌다. 언제 기회가 생기면 물어보고 싶다. 이야기를 들려줄지는 모르겠지만.

12

자전거 페달을 열심히 밟은 덕분에 씨앗 도서관에는 제시간에 도착했다. 약속 시각에 늦는 법이 없는 수린 선배는 벌써 도착해서 도서관원들의 작업을 돕고 있었다. 씨앗을 나누어서 통에 넣고 라벨을 붙이는 일이었는데, 하다 보니 어느새 반나절이 후딱 지나가 버리고 간식 시간이 되었다.

간식을 즐겁게 먹고 있을 때 경비대 대장 해나가 들어왔다. 도서관을 순찰하러 온 것 같았다.

해나는 우리를 포함해 청소년 활동가들이 앉은 쪽을 보았다. 가느다란 눈은 항상 웃고 있는 것 같으면서도 어딘지 모르게 날카로운 느낌이 난다. 그런 느낌은 부드럽지만 때때로 매서운 엄마와 비슷했다.

"오늘 조금 늦는다고 허락은 받고 왔지?"

해나가 우리 쪽으로 다가오며 물었다.

나는 할머니가 '허락'이라는 단어를 별로 좋아하지 않을 거라고 생각하며 고개를 끄덕였다.

"지오는 잘 지내지?"

해나가 문득 엄마 이름을 꺼내면서 안부를 물었다.

"비밀 프로젝트를 하고 있다는데, 그게 뭔지는 나한테 안 가르쳐 줘."

엄마는 잘 지낸다고 대답한 뒤에 약간 언짢은 목소리로 말했다. 내게도 알려 주지 않는 비밀이 있다는 사실이 여전히 신경 쓰이고 속상했다. 해나는 픽 웃다가 나와 눈이 마주치자 얼른 정색하고 헛기침을 했다. 어쩐지 엄마의 비밀을 해나가 알고 있다는 느낌이 들었다.

"비밀 프로젝트 말고 다른 소식은 없어?"

내 마음을 눈치챘는지 해나가 말을 돌렸다.

"약탈자를 조심하라고 걱정했어."

"요즘 어느 지역이나 조심해야 하는 일이지."

해나가 진지하게 고개를 끄덕였다.

나는 식물 병원을 방문한 연구원이 약탈자에게 습격받은 지역에서 왔을지 모른다는 사실을 해나에게 어떻게 알려야 하나 망설였다.

"그런데 식물 병원 원장님을 찾아온 연구원은 만나 봤어?"

우물쭈물하다가 용기를 내어 해나에게 물었다.

"아, 사과랑 차량을 선물로 두고 갔다는 그 연구원?"

해나가 관찰하는 것처럼 내 얼굴을 천천히 훑으면서 말했다. 내가 왜 그런 질문을 하는지 궁금한 표정이었다.

"그 연구원은 약탈자를 만나 봤을까?"

정말 궁금한 것처럼 물었다.

"그건 왜 물어?"

해나의 눈이 날카로워지면서 표정이 점점 심각해졌다.

"우현이가 연구원이 되고 싶다고 해서. 약탈자를 만나는 무서운 일까지 겪어야 하는지 알아야 하잖아."

떨어져 있는 우현이에게 들리지 않게 조금 목소리를 낮추어서 말했다.

"우현이가 연구원이 되고 싶어 한다고?"

해나가 의아한 듯 되물었다. 나는 마구 고개를 끄덕였다.

"사과처럼 신기한 작물을 들고 다니면 약탈자들이 쫓아올 것 같아서 걱정된대."

해나는 우현이 쪽을 힐끔 바라보았다.

"약탈자들이 연구원을 왜 쫓아가겠어. 연구원이 가진 사과 몇 개를 빼앗느니 사과를 재배하는 지역을 습격하는 편이……."

해나의 말이 끊겼다.

해나는 말을 멈추고 생각에 잠겼다. 연구원이 약탈자에게 습격당한 사과 재배 지역에서 왔을지 모른다는 내 암시를 알아차린 것 같았다. 해나는 인사도 없이 부랴부랴 도서관을 떠났다.

활동가들이 간식을 먹고 있는 자리로 돌아가자, 수린 선배는 내가 해나와 무슨 이야기를 했는지 궁금해했다. 솔직히 털어놓을까 싶었지만, 텔런을 복제한 일까지 말해야 해서 별일 아니라고 둘러댔다.

"엄청 급한 일이 있는 거 같던데."

해나가 서둘러 나간 도서관 입구를 보며 선배가 중얼거렸다.

"경비대에 급한 일이 생겼다고 했어요."

대충 대답하고 다음 주에 열릴 공개 토론으로 화제를 돌렸다. 토론 이야기가 나오자 우현이가 눈을 반짝이며 관심을 보였다.

엉성하게 준비했다가는 전교생 앞에서 창피를 당하기 때문에 대표 토론자는 많이 준비하고 연습해야 한다. 선배는 똑똑하다고 소문이 난 데다가 선생님들의 기대가 있어서 부담이 더 클 것 같았다.

뜻밖에도 수린 선배는 토지 경작 연구를 지지하며 토론할 거라고 했다. 씨앗 도서관에서 토지 경작을 꾸준히 연구하고 있지만, 토지 경작 연구에 반대하는 사람이 여전히 다수를 차지한다.

토지 경작 반대론자들은 씨앗 도서관 연구자들이 향수병에 걸렸다며 비웃는다. 작물이 땅에 뿌리를 내리고 자라면서 햇볕을 받고, 곤충이나 새 그리고 바람의 힘을 빌려 멀리까지 스스로 번식하는 모습을 재현하고 싶어 욕심을 부리는 거라고 말이다.

나는 조상님들이 살던 그 먼 옛날을 머릿속에 그려 보려고 애쓴다. 그때는 분명 자연 속에 살아 있던 수많은 생물의 움직임과 소리가 세상에 가득했을 것이다. 지금처럼 고요하다 못해 적막한 세계와는 전혀 다른 시대를 그저 그려 보는 것만으로도 가끔은 마음이 벅찼다.

"간식 다 먹었으면 이제 우리 좀 도와주지 않을래?"

영린의 목소리였다. 어른들이 희한하게 생긴 물건을 방으로 가져오고 있었다. 가늘고 길쭉한 지팡이처럼 생긴 물건이었다. 손잡이에는 누르면 들어가는 버튼이 달려 있었다. 수직으로 세워 살짝 땅을 짚어 봤더니 내 허리 정도 높이까지 올라왔다.

"이게 뭐예요?"

지팡이 손잡이에 달린 버튼을 눌러 보며 물었다. 누를 때마다 찰칵찰칵 경쾌한 소리가 났다.

"마술봉."

영린이 슬쩍 웃음을 띤 얼굴로 농담처럼 대답했다. 진짜 어디에 쓰는 물건인지 다시 물었지만, 나중에 알게 될 거라는 대답만 돌아왔다.

"오늘도 함께 밤의 정원을 걸읍시다!"

영린이 주문처럼 말하자, 망토같이 생긴 옷을 걸친 어른들이 지팡이를 나눠 들고 자리에서 일어섰다. 정말 마술봉을 든 마법사들 같았다. 새로운 모험을 떠나는 것처럼 살짝 들뜬 기분이 들었다. 수린 선배도 설레는지 눈을 빛내고 있었다.

"우리도 같이 가요?"

나도 모르게 흥분해서 물었다. 영린은 미안해하는 표정으로 고개를 저었다.

"미안. 너희가 오늘 참여할 수 있는 밤의 정원 프로젝트는 여기까지야."

내가 실망하자, 영린은 몇 번 더 참여하다 보면 어른들과 함께 밤의 정원을 걷게 될 거라며 나를 달랬다.

"오늘 여기서 본 건 모두 비밀이야. 알았지?"

영린이 손가락을 입술에 갖다 대고 엄숙하게 말했다. 그러자 비밀 프로젝트를 함께한다는 기분이 되살아나서 실망감이 옅어졌다. 나는 목숨을 걸고 맹세한다며 큰 소리로 대답했다. 어른들이 내 말에 크게 웃어 대는 동안, 나를 한심하다는 듯이 바라보는 수린 선배의 시선은 무시했다.

수린 선배와 나는 마법사처럼 차려입은 어른들이 어둠 속으로 떠난 뒤에 집으로 향했다. 우현이는 밤길이니 갈림길까지 바래다주겠다며 따라나섰다. 낮 동안 태양광으로 충전된 가로등이 드문드문 어둠을 밝히지만 거리는 어두웠다.

갈림길이 가까워질수록 소란스러운 소리가 들렸다. 몇 사람의 발소리와 알 수 없는 큰 소리였다. 선배가 걱정스러운 얼굴로 걸음을 멈추는 바람에 우현이와 나도 멈춰 서서 가만히 귀를 기울였다. 발소리는 점점 우리 쪽으로 가까워지고 있었다.

"당장 거기 서지 못해!"

한 사람의 날카로운 목소리가 쨍쨍 울려 퍼졌다. 나는 그 사람이 누구인지 대번에 알아차렸다.

"정하!"

생각할 겨를도 없이 소리가 나는 쪽으로 달리는 동안 갑자기 뭐가 깨지는 요란한 소리와 함께 가로등 불빛이 사라졌다. 빛이 사라진 골목에는 짙은 어둠이 들어차서 아무것도 보이지 않았다.

"정하!"

다시 한번 할머니를 소리쳐 불렀다. 그러자 저 앞에서 할머니 목소리가 들렸다.

"이것 놓지 못해!"

'할머니가 위험하다.' 그 생각뿐이었다. 소리가 나는 쪽으로 달리다가 세게 넘어졌지만 전혀 아프지 않았다. 나는 벌떡 일어나서 숨이 턱에 찰 때까지 어둠 속을 달리고 또 달렸다. 그러는 동안 눈이 어둠에 조금씩 적응해서 주변 풍경이 희미하게 보이기 시작했다.

바로 그때, 저 앞으로 사람 그림자가 비쳤다. 어둠 속에서 두 사람이 꼭 붙어 껴안고 있었다. 그러나 조금 더 가까워졌을 때,

그게 아니라는 것을 깨달았다. 덩치가 큰 사람이 작은 사람을 뒤에서 꼼짝하지 못하게 꽉 붙잡고 있었다.

"그거 놔! 당장 놓지 못해!"

내가 소리치는 것과 동시에 등 뒤에서 날카로운 호루라기 소리가 들렸다. 커다란 그림자는 당황했는지 할머니에게서 떨어져 달아나기 시작했다. 나는 그림자를 쫓아가려다가 할머니가 걱정돼 곧장 할머니 품으로 뛰어들며 꽉 끌어안았다.

할머니의 단단한 팔이 내 등을 감싸는 순간, 겨우 마음이 놓였다. 하지만 그건 잠시뿐이었다. 팔에서 힘이 풀리는가 싶더니 할머니가 내게서 스르르 떨어졌다. 나는 천천히 바닥으로 무너져 내리는 할머니를 보며 온 힘을 쥐어짜 비명을 질렀다.

황무지의 기계와 싸워도 이기고야 말 것 같은 할머니가 눈앞에 쓰러져 있다니 믿어지지 않았다. 나는 어쩔 줄 몰라서 할머니를 붙잡고 엉엉 울었다. 뒤에서 호루라기를 불어 그림자를 쫓아버린 사람은 수린 선배였다. 우현이와 선배는 경비대가 도착할 때까지 곁에서 침착하게 기다려 주었다.

다행히 할머니는 금세 정신을 차렸다. 너무 놀라서 정신이 없었던 나는 그 사실을 알아차리지도 못했다. 수린 선배가 나중에 말하기를, 할머니가 정신을 차렸는데도 얼른 일어나지 않고 울며불며하는 나를 할머니가 누운 채로 실눈을 뜨고 한참이나 가만히 바라보았다고 한다. 왠지 기분이 좋아 보였다고 하는데, 할머니는 도대체 무슨 심술인지 모르겠다!

"누가 보면 내가 죽은 줄 알겠다."

어쨌든 몸을 일으킨 할머니는 시치미를 뚝 떼고 호들갑 떨지 말라며 내게 핀잔을 줬다.

"어떻게 된 일이에요?"

해나가 경비대원들과 함께 나타나 주변을 둘러보며 걱정스럽게 물었다.

"늙어서 그렇지, 뭐."

조금 전에 벌어진 일을 설명하려 하자, 할머니는 나를 막아서며 말했다.

"갑자기 가로등 불이 나가는 바람에 발을 헛딛고 넘어졌어."

거짓말하는 할머니를 해나가 수상쩍게 바라보았지만, 더 묻지는 않았다.

"저거 거짓말이지?"

할머니가 경비대와 이야기를 나누는 동안 수린 선배가 곁으로 다가와 목소리를 낮추고 물었다.

"나, 도망치는 사람을 봤어."

선배가 내 눈을 똑바로 보며 말했다. 나도 봤다는 뜻으로 고개를 끄덕였다.

이 사실을 당장 해나에게 말하고 싶었지만, 할머니가 거짓말한 이유가 있을 것 같았다. 무슨 일인지 할머니에게서 듣기 전까지는 모르는 척해 달라는 내 말에 선배는 알겠다고 했다.

"자, 수린이랑 우현이는 이제 집으로 돌아가렴. 경비대에서 바래다줄 거야."

해나가 할머니와 말을 끝내고 수린 선배와 우현이를 집으로 보냈다.

경비대는 넘어지면서 생긴 할머니의 작은 상처를 살펴보고 우리를 집까지 데려다주었다. 할머니는 기절했다 깨어난 순간부터 이미 평소 모습으로 돌아와 있었다. 집에 도착하자 별일 아니라는 듯이 여느 때처럼 간단히 씻고 차를 마셨다.

"정하, 왜 경비대에 거짓말했어?"

조금은 편안해진 것처럼 보이는 할머니에게 물었다.

"무슨 거짓말?"

할머니가 얄밉도록 시치미를 뚝 뗐다.

"나, 정하를 붙잡았다가 도망치는 사람을 봤어."

할머니가 멈칫하더니 고개를 들어 나를 마주 보았다. 당황한 것 같은 표정은 금세 사라졌다. 밉살스러운 표정으로 돌아온 할머니는 내가 잘못 본 거라고 했다.

"어둠 때문에 이상한 상상이 진짜처럼 보인 거야."

할머니는 딱 잘라 말하고는 피곤하다면서 방으로 들어가 버렸다. 어쩔 수 없이 침대로 들어왔지만, 쉽게 잠이 오지 않았다. 이리저리 뒤척이다가 결국 텔런을 불러냈다. 텔런은 내 이야기를 차분히 끝까지 들어 주고는 잠시 사라졌다가 돌아왔다.

— 오늘 사건에 대한 경비대 보고서를 읽고 왔어.

텔런이 수상한 점이 있다고 말했다.

— 정하가 다친 곳에 있던 가로등이 파손됐어. 누가 일부러 깬 거야.

할머니 목소리를 들으며 달리는 동안 들었던 요란한 소리가 기억났다. 범인이 누구든 그때 깨뜨린 것이다. 어둠 속에서 어렴풋이 보았던 그림자의 형태가 떠올랐다. 그때는 너무 놀라서 다른 생각을 할 겨를이 없었는데, 지금 돌이켜 보니 그림자 윤곽이 왠지 눈에 익숙했다. 누구지……?

— 지역 플랫폼에 벌써 정하 이야기가 올라왔어.

텔런이 말을 내뱉는 바람에 그림자가 누구를 닮았는지 떠올리려고 애써 집중했던 정신이 흩어져 버렸다. 무엇보다 경비대가 출동했으니 할머니가 다친 사건이 알려지는 건 시간 문제였다.

— 걱정하는 사람도 있지만…….

텔런이 말을 흐렸다. 듣지 않아도 뻔했다. 우리 지역에는 할머니를 싫어하는 사람이 많다. 다쳤다고 내심 좋아하는 사람이 있었대도 이상하지 않았다. 특히 선거철에는 진심으로 할머니를 욕하는 사람이 자주 있었다. 엄마는 할머니가 선거 운동을 지나치게 열심히 한다고 늘 걱정했다.

"그 사람들은 할머니를 왜 그렇게 미워할까?"

'커다란 그림자는 왜 할머니를 해치려고 했을까?'

할머니를 붙잡던 사람을 떠올리며 텔런에게 물었다.

— 할머니를 미워하는 게 아니야. 할머니가 지지하는 후보를 싫어하는 거지.

텔런의 대답을 이해할 수 없었다. 서로 의견이 다르다고 상대를 미워하는 일도 이상했고, 그 상대를 지지하는 사람을 해치려는 것은 미친 짓 같았다.

"이해가 안 돼."

선생님들이 시민 사회에는 혐오와 증오가 없어야 한다고 누누이 강조했는데 다들 학교에서 배운 것을 잊어 가는 모양이다.

— 시민은 이해하려고 노력해야 해.

텔런이 선생님처럼 말했다.

어려운 과제를 받은 기분이 들어서 텔런을 외면하고 과제 식물 찍은 사진을 꺼내 보았다. 혼자 시간을 보내고 싶다는 뜻이었다. 그것을 알아차리고 텔런은 더는 말을 걸지 않았다.

과제 식물은 트레이 속에서 싱싱하게 뻗은 잎을 늠름하게 뽐내고 있었다. 이대로라면 낙제하지 않겠구나 생각하니 감동이 밀려왔다. 그렇지만 방심해서는 안 된다. 싱그럽던 과제 식물이 며칠 사이에 죽은 일을 이미 몇 번이나 겪었다. 사진 속의 과제 식물 줄기와 잎을 손가락으로 덧그려 보았다.

이번엔 반드시 식물을 살려 내야겠다고 결심해서일까? 과제 식물이 어마어마하게 자라나는 꿈을 꾸었다. 엄청 자라난 식물의 뿌리는 트레이를 뚫고 땅으로 깊숙이 뻗어 나갔다. 땅속이 보일 리가 없는데, 꿈속에서는 땅을 힘차게 파고들며 지구의 중심을 향해 쉬지 않고 자라는 뿌리가 보였다. 드디어 건너편 땅 위로 솟아난 줄기는 무지 굵어지더니 집을 부수고 하늘을 향해 쑥쑥 자라났다.

줄기가 뻗을 때마다 내 몸도 파란 하늘과 점점 가까워졌다. 태어나서 한 번도 본 적 없는 맑고 깨끗한 하늘이었다. 지구가 처음 태어났을 때 하늘빛이 이랬을까? 설레는 마음으로 하늘을 쳐다보다가 아래로 시선을 돌렸다. 땅이 온통 초록색으로 덮여 있어서 나도 모르게 탄성이 나왔다. 까마득히 멀어진 땅 위에서 내 과제 식물 주변을 빙빙 돌며 춤추는 마법사들이 보였다. 망토를 두르고 손에는 마법 지팡이를 든 모습이 꼭 밤의 정원 프로젝트를 수행하러 떠나던 어른들처럼 보이기도 했다.

거대한 줄기에 기대어 있는 동안 시원한 바람이 불어왔다. 태양이 내뿜는 따뜻한 기운에 연한 초록색 잎이 갈수록 짙어지고 무성해지는 광경을 보고 있으니 가슴이 뭉클해지면서 눈물이 났다. 나는 이 순간이 계속되기를 바랐다.

그런데 지평선 너머에서 거대한 그림자가 뭉게구름처럼 피어오르더니 저 아래 보이는 식물을 모조리 삼키며 점점 내 쪽으로 다가왔다. 검고 거대한 그림자는 내 바로 앞에서 커다랗게 부풀어 오르며 어젯밤 할머니를 꽉 붙잡았던 사람의 형상으로 변했다. 시커먼 구름처럼 한껏 부푼 그림자가 나를 덮치는 순간, 나는 그 그림자가 누구 것이었는지를 깨달았다.

식물 병원 원장님이었다.

13

꿈은 아침에 깼을 때까지 또렷했다. 꿈속에서 훌륭하게 자랐던 내 과제 식물만큼이나 원장님을 닮았던 검은 구름도 선명했다. 어젯밤, 할머니를 붙잡은 사람은 체구가 크고 둥글둥글했다. 어째서 원장님이라고 바로 알아차리지 못했을까? 지금 떠올려 보니, 어설프게 도망치던 걸음걸이도 원장님이랑 비슷했다.

— 아침부터 왜 그렇게 심각해, 이언?

침대에 누운 채로 움직임이 없는 내게 텔런이 걱정스럽게 말을 걸어왔다.

"어젯밤에 할머니를 다치게 한 사람이 누구인지 알 것 같아."

내 대답에 텔런은 정말 놀라기라도 한 것처럼 말이 없었다.

— 어젯밤에는 범인이 누구인지 몰랐잖아. 그냥 닮은 사람을 착각했

을 뿐일지도 몰라.

"게다가." 하며 텔런이 말을 이었다.

— 네가 누군지 알아차렸다면 정하가 모를 리 없잖아.

텔런의 논리에는 하나도 틀린 점이 없었다. 할머니가 범인을 알면서 모른 척하는 것일 수 있다는 점만 빼면.

할머니는 범인이 원장님이라는 것을 알기 때문에 그냥 넘어져서 다쳤다고 해나에게 거짓말을 했는지도 모른다. 그런데 어째서? 할머니는 원장님과 사이가 그리 나쁜 편은 아니지만, 나쁜 짓을 덮어 주는 것은 할머니답지 않았다. 내가 거기에 도착하기 전에 다른 일이 있었던 걸까?

식탁에 앉은 할머니는 아무 일도 없었다는 듯이 태평해 보였다. 원장님 이야기를 꺼내면 어젯밤처럼 시치미를 뚝 떼고는 전부 내 상상이라고 하겠지. 도대체 무슨 일이 벌어지고 있는지 갈피를 잡을 수가 없었다. 어른들은 하나같이 비밀투성이다.

엄마와 통화하기로 약속한 날이라 학교에 가기 전에 먼저 통신국에 들렀다. 어젯밤 일을 어서 엄마에게 말하고 싶어 입이 근질거렸다. 엄마 얼굴이 화면에 나타나자마자 단숨에 이야기를 쏟아 냈다. 도망친 수상한 사람이 원장님인 것 같다는 말만 빼고.

엄마는 눈을 동그랗게 떴다가 이내 미간을 살짝 찌푸렸다. 내 이야기가 다 끝난 후에는 고개를 흔들며 웃었다.

"언젠가는 그런 일이 일어날 줄 알았어!"

어떤 상황이었을지 훤히 알겠다는 듯 엄마가 말했다.

"분명 평소에 할머니를 싫어하던 사람이 저지른 짓일 거야."

엄마는 사람들과 잘 지내지 못하는 할머니의 태도 때문에 그런 일이 벌어졌다고 여기는 것 같았다.

"그런데 할머니는 해나에게 그냥 넘어진 거라고 거짓말했어."

그러자 엄마는 잠시 할 말을 잃은 표정이 되었다.

"그야 다른 사람한테 당한 일이 분하고 부끄러워서 남에게 말하기 싫었겠지!"

듣고 보니 정말 그런 것 같았다. 할머니가 범인을 감싸기 위해 거짓말하는 거라고 여겼던 내가 좀 바보 같았다.

"어쨌든 크게 안 다쳐서 정말 다행이야."

당분간은 조심하라고 할머니에게 당부해야겠다며 엄마가 인상을 썼다. 아마 다른 사람이 듣기엔 과격한 말로 할머니에게 쉴 새 없이 잔소리를 늘어놓겠지.

엄마는 할머니와 영상 통화를 예약한 다음 내 과제 식물 상태를 물었다.

"아주 잘 크고 있어."

뿌듯하게 대답하면서 어젯밤 꿈도 이야기해 주었다.

엄마는 웃으면서 내 이야기를 듣다가 마법 지팡이를 들고 춤추는 마법사들을 설명하는 대목에서 놀란 표정을 했다.

"밤의 정원 프로젝트에 참여하고 있어?"

"엄마가 밤의 정원 프로젝트를 어떻게 알아?"

묻고 나서야 엄마의 절친한 친구가 씨앗 도서관 일을 속속들이 알고 있다는 사실이 떠올랐다. 엄마는 당연히 해나에게서 들었을 것이다.

"그런데 엄마는 그 마법 지팡이를 어디에 쓰는지 알아?"

엄마는 웃음기가 가득한 눈으로 나를 보더니 어차피 나중에 알게 될 거라고 했다. 비밀 프로젝트여서 함부로 말할 수 없다며 웃는 모습이 얄미웠다.

"엄마, 언제 집에 와?"

통화를 마칠 때쯤에 엄마에게 물었다. 엄마는 미안한 표정을 짓더니 되도록 빨리 만나러 오겠다고 했다. '되도록 빨리.' 그게 언제쯤일지 묻고 싶었는데 엄마가 더 미안해할까 봐 속으로 말을 삼키고 통화를 끝냈다.

자전거를 타고 학교로 가는 동안에도 계속 엄마 얼굴과 목소리가 떠올랐다. 같이 있을 때 좀 덜 싸울걸 그랬다. 떨어져 있으니까 자꾸 보고 싶어진다. 그런 생각을 떨치려고 자전거 페달을 더욱 힘차게 밟았다.

학교에 들어갔더니 몇몇 애들이 할머니 안부를 물어 왔다. 벌써 소문이 퍼진 모양이었다.

"정하는 괜찮아?"

학교에서 마주친 수린 선배도 할머니 안부를 물었다.

"그런데 도망친 사람에 대해서 정하와 얘기해 봤어?"

선배가 목소리를 낮추며 물었다. 나는 고개를 저었다.

"엄마는 할머니가 자존심 때문에 절대 인정 안 할거래요. 내가 도망치는 사람을 봤다고 했더니 내 상상이라던걸요."

밉살맞게 시치미를 뚝 떼던 할머니를 떠올리며 말했다. 선배는 고개를 갸웃거렸다.

"정하가 그 사람 때문에 다칠 뻔한 거라면 정말 심각한 일이야."

선배는 공동체 질서를 중요시하는 할머니가 자존심 때문에 입을 다물 리가 없다고 했다. 그렇다면 할머니는 왜 해나에게 솔직하게 말하지 않았을까.

"도망친 사람이 식물 병원 원장님 같아요."

생각에 빠진 수린 선배를 보며 망설인 끝에 말했다. 선배는 놀란 눈으로 나를 빤히 바라보다가 웃음을 터뜨렸다.

"원장님이라고? 그게 말이 돼?"

내가 생각해도 믿기 어려운 일이다. 둥글둥글한 얼굴로 언제나 친절하게 대해 주는 원장님이 어두운 밤길에서 할머니를 다치게 하고 도망쳤다니, 절대 상상할 수조차 없는 일이었다. 그렇지만 어젯밤에 어둠 속으로 도망친 사람은 분명 원장님이었다.

내가 진지하게 정말이라고 말하자 선배는 그제야 웃음을 그쳤다. 그래도 여전히 내 말이 선뜻 믿기지는 않는 듯했다.

"내일 공개 토론이 끝난 후에 식물 병원으로 가서 직접 물어보는 건 어때?"

"네?"

놀라서 눈을 동그랗게 떴다. 원장님이, "응, 나였어."라고 대답해 줄 리가 없잖아. 선배는 대체 무슨 생각인지 모르겠다.

"우현이도 데려가자."

선배가 날카로운 눈빛을 빛내며 말했다. 왠지 신이 난 듯이 보이는 건 기분 탓일까.

"혹시라도 원장님이 무섭게 변하면 우현이한테 맡기고 도망치는 거야."

"네?"

내 눈이 또다시 동그래졌다.

위험해지면 우현이에게 맡기고 도망치자니, 이건 또 무슨 말이람. 우현이는 내가 가장 좋아하……, 아니, 나랑 가장 친한 친구인데!

"우현이는 원장님하고 친하니까 별일 없을 거야."

수린 선배는 하얗게 질린 내 얼굴을 보더니 왠지 사악해 보이는 얼굴로 키득거리면서 멀어졌다.

14

'토지 경작 연구와 협동 농장 증설'을 둘러싸고 공개 토론이 열리기 때문에 학교가 술렁이는 날이었다. 학급 단위 토론은 어제 끝났고, 학생들이 어느 쪽을 더 지지하는지도 결과가 나왔다. 차이가 크지는 않았지만, 협동 농장 증설을 지지하는 쪽이 아무래도 많았다. 토지 경작을 열심히 연구하는 씨앗 도서관원들이 떠올라서 약간 울적해졌다.

공개 토론이 열리는 강당에 가기 전에 잠시 과제 식물을 보러 들렀다. 사흘 만에 다시 만난 과제 식물은 여전히 싱싱했다. 그런데 흐뭇해하며 꼼꼼히 살피면서 이상한 점을 발견했다. 이파리 하나의 상태가 심상치 않았다. 힘이 없어 보이는 잎에 누런빛이 돌았다. 나는 숨을 멈췄다.

잎에 나타나는 누런빛은 식물이 죽음의 길로 들어선 징조다. 지금까지 수없이 많은 식물이 이런 증상을 보인 뒤에 시들거나, 물러지거나, 썩어서 죽어 버렸다. 아무리 애를 써도 살식마는 어쩔 수 없나 보다. 눈물이 핑 돌았다. 식물은 이대로 죽어 버리겠지. 나는 결국 수경 재배 과목을 이수하지 못한 최초의 학생이 될 것이다. 농부가 될 수도 없을 것이다.

두 손에 얼굴을 묻고 울어 버렸다. 왠지 화도 나서 과제 식물을 이대로 뽑아 아무 데나 던져 버리고 싶었다. 매일매일 살펴보고 아껴 주었는데, 겨우 사흘 돌보지 않았다고 시들어 가는 식물이 원망스럽고 꼴도 보기 싫었다.

그렇게 실컷 울고 나니 기분이 조금 풀렸다. 눈물을 닦고 이제 다시는 과제 식물을 보지 않으리라 결심했다. 계속 지켜본다면 시들어 죽어 가는 모습만 보게 될 테니까. 아직은 싱싱해 보이는 과제 식물에게 마음으로 작별 인사를 했다.

'미안해, 안녕.'

돌아서 나오는 동안 쓸쓸함이 밀려들어 또 눈물이 나려고 했지만 꾹 참았다. 퉁퉁 부은 눈을 들키기 싫어서 강당으로 가는 내내 계속 고개를 숙이고 걸었다. 내 자리를 찾아 앉고 나서도 한참 동안 고개를 들지 않았다.

머지않아 토론에 참여하는 학생 대표들이 나와서 차례로 자리에 앉았다. 인기인인 수린 선배가 등장하자 애들이 술렁였다. 선배를 좋아하는 애들은 자기 생각은 차치하고, 수린 선배 의견을 따르고 지지할 것 같았다.

토론을 잘하는 학생들만 모여서인지 열띤 토론이 벌어졌다. 상대보다 설득력 있는 주장을 펼치겠다는 선배들의 강력한 의지가 느껴졌다. 강당은 서로 반박해 가며 토론하는 열기로 가득해서 숨이 막힐 정도였다.

드디어 토론이 끝났다고 사회자가 선언했을 때는 저절로 한숨을 몰아쉬었다. 지켜보는 동안 나도 모르게 긴장했었나 보다. 덕분에 과제 식물을 조금은 잊을 수 있었다. 토론장을 나가려는 수린 선배에게 다가갔는데, 선배는 나를 보지 못하고 지친 표정으로 재빨리 가 버렸다.

분명 공개 토론이 끝나면 식물 병원 원장님에게 가자고 했는데 잊은 것 같았다. 피곤해 보이는 선배를 굳이 찾아가기도 뭣해서, 우현이를 만나러 혼자 씨앗 도서관으로 향했다. 가면서 아무리 뒤를 돌아보아도 선배는 올 기미가 보이지 않았다. 아무래도 오늘은 식물 병원에 가지 못할 것 같다.

"수린 누나는 같이 안 왔어?"

도서관에서 만난 우현이가 의아해하며 물었다.

"피곤해서 여기 올 힘도 없을 거야."

나는 오늘 학교에서 열린 공개 토론 이야기를 한참 동안 떠들었다. 과제 식물이 잘 자라는지 우현이가 물어볼 틈을 주고 싶지 않아서이기도 했다. 뭐라고 대답해야 할지 모르겠으니까.

우현이는 흥미진진한 얼굴로 내 이야기를 열심히 들었다. 열정이 넘치는 표정이었다. 우현이가 학교에 다녔으면 학생 대표로 토론에 참여하지 않았을까 싶어졌다. 그랬다면 정말 멋졌을 거다. 우현이는 목소리도 좋으니까 분명 많은 아이들이 우현이에게 관심을 쏟았겠지.

그렇게 생각하니까 싫은 기분이 들었다. 우현이를 제일 잘 아는 친구는 언제까지나 나 혼자였으면 좋겠다.

"너는 당연히 토지 경작 연구를 지지하지?"

토론장 이야기를 마무리하며 물었다. 우현이는 미간을 찡그리며 바로 대답하지 않았다.

"설마 너도……."

나처럼 반대편 논리에 설득당한 거냐고 물으려다가 말끝을 얼버무렸다. 우현이는 당황하는 나를 힐끔 보더니 느릿느릿 입을 열었다.

"나는 어느 쪽이든 괜찮다고 생각해."

"응?"

이런 모호한 대답이라니. 우현이도 반대편 논리를 듣고 설득된 것이 분명했다.

"토지 경작 연구든 협동 농장 증설이든 바람직하게 운영된다면, 어느 쪽이라도 나쁘지 않잖아. 환경에 해를 끼치지 않고 식량을 생산하려는 목적은 같으니까."

우현이 말에 허를 찔린 것처럼 멍해졌다. 그러고 보니 오늘 토론에 승패가 있었던가?

"할머니가 늘 그랬어. 본질이 일치한다면 방법은 조금씩 달라져도 괜찮다고."

"우현이가 나한테 잘 배웠네."

어느새 나타난 도서관 관장 영린이 흐뭇하게 웃으면서 우리 쪽을 바라보고 있었다. 언제부터 거기에 있었는지 모르겠지만, 토론장 이야기를 들었을 것이다.

"그럼 관장님은 토지 경작을 영영 못 하게 돼도 괜찮아요?"

나도 모르게 불쑥 큰 소리로 묻고 말았다. 영린은 난감하다는 듯이 웃었다.

"어느 방법이든 괜찮다고 했을 뿐, 한 가지 방법만 남기라는 뜻은 아니란다."

"그렇지만 여러 가지 방법을 쓰면 관리하기 복잡하고 효율적이지가 않잖아요. 제일 좋은 방법을 선택하는 게 좋지 않아요?"

"예전에 누구한테서 많이 듣던 말이구나."

내 말을 들은 영린이 그렇게 말하며 살짝 소리 내어 웃었다.

"누구한테서요?"

영린은 대답 대신 은근히 웃음을 머금었다.

"그 누구도 어쩌면 이젠 좀 달라졌을지 모르겠네. 살아가는 동안 이런저런 선택을 하면서 가장 좋은 선택이란 있을 수 없다는 사실을 깨달았을 테니까. 가끔은 최악으로 보이는 방법이 최선의 선택이었음을 나중에 깨우치기도 하거든."

영린은 빙긋이 웃고 나서 할머니 상태가 괜찮은지 물었다. 그 '누구'가 할머니일 것 같다는 막연한 느낌이 들었지만 대놓고 묻지는 못했다. 물었다 한들 영린이 솔직하게 대답해 줬을지는 의문이다. 영린은 할머니가 멀쩡하다는 내 대답에 다행이라고 고개를 끄덕이더니 과제 식물 키우기가 잘되어 가는지 물었다.

나는 망설이다가 거짓말을 하고 말았다. 영린이 웃는 모습을 보니 죄책감이 들었다. 과제 식물이 시들기 시작한 사실을 알면 영린은 뭐라고 할까. 아마 지금까지 과제 식물 키우기를 도와줬던 다른 사람들처럼 끝까지 도움을 주려 할 것이다. 지금까지는 식물이 시들어도 진짜 죽어 버리기 전에는 어떡하든 살리려고 노력했는데 이젠 그러기가 싫다. 어차피 아무 소용 없다는 것을 알기 때문이다.

"민들레도 잘 크고 있어?"

옆에서 듣던 우현이가 불쑥 물었다.

솔직히 과제 식물에만 집중하느라 민들레는 내 관심 밖이었다. 기껏 선물로 준 민들레를 내팽개쳤다는 것을 알면 우현이가 속상해할까 봐 할머니가 가져가서 키운다고 거짓말을 보탰다.

"정하가 키운다고?"

영린이 놀란 얼굴로 물었다. 나만큼이나 영린도 의외라고 생각하는 모양이었다. 그런데 단순히 놀란 표정이 아닌 듯했다. 말이 나온 김에 할머니가 민들레를 복원한 것이 맞는지 물으려는 찰나, 문이 열리면서 수린 선배가 들어섰다.

"기다리지 않고 먼저 가 버렸더라?"

선배가 샐쭉 나를 흘겨보았다. 토론장을 나설 때 봤던 피곤한 기색은 사라지고 없었다.

"잊어버린 줄 알았어요."

눈을 내리깔고 중얼거렸다.

"난 또 우현이랑 둘이서만 가려고 가 버린 줄 알았지."

조금 놀리는 투로 선배가 말했다. 식물 병원을 방문하기로 한 사실을 모르는 우현이가 어리둥절한 얼굴로 나를 바라보았다.

"오늘 식물 병원 원장님을 만나러 가기로 했어."

우현이는 갑작스러운 이야기에 놀란 것 같았지만, 함께 가자는 수린 선배의 말에 군소리 없이 일어섰다. 선배는 혹시 식물 병원에 가져가야 할 식물이 없는지 영린에게 묻고는 빈 화분 몇 개를 받아서 챙겼다.

"찾아갈 핑계가 있어야 하니까."

화분을 자전거 바구니에 넣으며 선배가 말했다. 우현이가 그 말을 의아하게 여기면서 식물 병원에 왜 가는지 물었다.

"도착하면 말해 줄게."

수린 선배가 딱 잘라 말하고 자전거에 올라탔다.

식물 병원까지는 자전거로 30분쯤 걸렸다. 선거 포스터가 붙어 있는 갈림길을 지나 황무지가 펼쳐지는 거친 길로 들어서자, 바구니에 담긴 화분들이 부딪치며 경쾌한 소리를 냈다. 오늘도 황무지에서는 거대한 기계들이 큰 소리를 내며 움직였다. 도서관원들은 보이지 않았다.

이윽고 왼편으로 거대한 협동 농장이 나타났다. 지금쯤이면 할머니도 협동 농장에서 수경 재배 하는 식물을 돌보고 있을 것이다. 할머니처럼 농부가 되고 싶었는데, 이젠 영영 이루지 못할 꿈이 되고 말았다. 지금 이 순간에도 조금씩 죽어 가고 있을 과제 식물을 생각하니 슬퍼졌다. 과제 식물과 함께 내 꿈도 시들어 죽어 버리겠지.

울적한 마음으로 페달을 밟는 동안, 멀리 길 끝에 식물 병원이 보였다.

우리는 병원 입구에 자전거를 세워 두고 정원으로 들어섰다. 화분을 떨어뜨리지 않게 품에 안고 수린 선배가 앞장섰다.

"식물 병원에는 무슨 일로 온 거야?"

우현이가 궁금증을 참지 못하겠다는 듯이 물었다.

원장님과 친한 우현이에게 어떻게 말해 줘야 할지 몰라서 우물쭈물 망설이자 선배가 갑갑하다는 듯이 나를 바라보았다.

"원장님이 왜 정하를 다치게 하고 도망쳤는지 물어보려고."

선배가 무심히 말했다.

우현이는 눈이 동그래져서 걸음을 멈추었다.

"원장님이 그랬을 리가 없어요."

우현이가 말도 안 된다는 투로 말했다.

"이인이 봤어."

선배가 딱 잘라 말했다.

"자, 잘못 봤을 수도 있잖아. 너무 어두웠으니까."

그날 밤에 본 그림자는 분명 원장님이었지만, 원장님을 좋아하는 우현이가 실망하는 모습은 보고 싶지 않았다.

"원장님은 그럴 이유가 없어."

우현이 목소리가 조금 높아지자, 수린 선배가 우현이를 돌아보았다.

"원장님에게 말 못 할 비밀이 있는지도 모르지."

우현이가 흠칫하더니 입을 꼭 다물었다. 마치 원장님의 비밀을 알기라도 하는 것처럼. 선배도 나와 같은 생각이었는지 불쑥 물었다.

"원장님 비밀이 뭐야?"

우현이는 다시 한번 흠칫하더니 남의 비밀을 함부로 말할 수는 없다고 했다. 선배가 몇 번 더 캐물으려고 했지만, 우현이는 결코 말할 생각이 없어 보였다. 대체 원장님에게 어떤 비밀이 있을까? 원장님의 비밀이라니, 상상이 되지 않았다. 사실 원장님이 할머니를 다치게 하고 도망치는 모습도 직접 보지 않았으면 상상조차 할 수 없었을 것이다.

수린 선배는 기분이 상해서 고개를 홱 돌리더니 앞만 보고 빠른 걸음으로 씩씩하게 걸어갔다. 우현이는 미안했는지 화분을 들어 주겠다고 했다.

선배는 내키지 않는 표정으로 우현이에게 화분을 건넸다. 하기 싫은 일은 죽어도 안 하는 선배가 그러는 걸 보면 화분을 들고 가기가 꽤 힘들었던 것 같았다.

우리 키를 넘는 커다란 나무들이 있는 곳을 지나자 덩굴 식물이 휘감은 식물 병원이 바로 눈앞에 보였다. 현관 앞에는 꽃이 핀 화분들이 보기 좋게 놓여 있었다.

선배는 꽃에 힐끔 눈길을 주고는 지체 없이 현관문을 두드렸다. 그런데 여느 때 같으면 금방 문을 열어 줄 원장님이 나타나지 않았다. 선배가 다시 문을 두드렸지만 원장님은 끝내 나오지 않았다. 안에 없는 모양이었다. 실망스러운 동시에 조금 안심되기도 했다. 할머니를 다치게 했느냐고 원장님에게 묻지 않아도 되니까. 물론 그 질문은 거침없는 수린 선배가 했겠지만.

"없으신가 봐요."

나보다 더 안도한 얼굴로 우현이가 말했다. 그런데 우현이가 돌아가자면서 채 뒤돌기도 전에 선배가 현관문을 열었다.

"무슨 짓이에요!"

우현이가 놀라서 소리쳤다.

“원장님의 비밀을 찾을 기회야.”

선배는 할 말을 잃은 우현이를 뒤에 두고 살금살금 병원안으로 들어섰다.

원장님이 없는 병원에 들어간다는 게 꺼림칙했지만, 선배 뒤를 따랐다. 선배 혼자 들어가게 두기도 그렇고, 우현이가 말하지 않으려 하는 원장님의 비밀이 궁금하기도 했다.

식물 병원 안은 화분으로 가득했다. 거의 시든 식물부터 새잎이 돋아나는 식물까지 다양한 상태의 식물이 안간힘을 쓰고 있었다. 문득 노랗게 시들어 가는 내 과제 식물이 떠올랐다. 혹시 여기로 데려오면 되살아날까?

원장님이라면 살릴 수도 있겠지만, 수경 재배 과목은 스스로 키워 내지 않으면 이수할 수 없다. 이미 작별 인사까지 건넨 과제 식물을 포기하지 못하는 나 자신에게 조금 화가 났다.

그때, 앞장서서 걷던 선배가 걸음을 멈추었다. 우리가 서 있는 곳은 복도가 끝나는 지점이었다. 선배의 등 너머로 휴게실이 보였다. 천장이 높고, 커다란 식물을 심은 화분 여러 개가 놓인 곳이었다. 원장님은 휴게실에 있는 소파에 드러눕거나 거기서 자기를 좋아했다.

“저 사람 원장님 아니에요?”

우리 쪽으로 등을 보이고 긴 소파 위에 웅크린 자세로 누워 있는 사람을 보며 수린 선배에게 작은 목소리로 물었다. 선배는 손가락을 입술에 가져다 대고 조용히 하라는 시늉을 했다. 그러고는 살금살금 그 사람 쪽으로 다가갔다.

선배를 따라 가까이 가 보니 덩치가 원장님과 달랐다. 소파에 누워 있는 사람은 원장님보다 훨씬 왜소했다. 선배는 그 사람을 깨우려는 것처럼 팔을 조심스레 뻗었다. 그런데 선배의 손이 그 사람에게 닿기도 전에 등 뒤에서 무엇인가 깨지는 소리가 크게 들렸다.

선배와 나는 놀라서 비명을 지르며 뒤돌아 도망쳤다. 나중에 생각해 보니 그렇게 도망칠 일도 아니었는데, 큰 소리에 놀라서 둘 다 제정신이 아니었던 것 같다. 어쨌든 복도를 따라 정신없이 달리던 선배와 나는 곧 우현이와 마주치는 바람에 멈춰 섰다.

깨진 화분을 발치에 둔 우현이는 우리 비명에 놀랐는지 잔뜩 긴장한 얼굴이었다.

"놀라게 해서 미안."

우현이가 머리를 긁적이며 말했다.

선배는 잔뜩 화난 얼굴로 우현이를 한참 쏘아보더니 갑자기 무슨 생각이 났는지 다시 뒤돌아서 달렸다.

"선배!"

걱정스러워서 외쳐 불러도 선배는 멈추지 않았다. 복도 끝까지 갔던 선배는 휴게실 안을 들여다보더니 아까보다 더 화난 얼굴로 돌아왔다.

"도망쳤어."

선배가 화를 꾹꾹 누른 목소리로 내게 말했다.

도망쳤다고? 이상한 일이었다. 식물 병원 방문객이 일부러 도망칠 이유는 없다. 갑작스러운 큰 소리에 놀랐더라도 도망치기보다는 우선 무슨 일인지 알아보려 해야 정상이다.

"도망치게 하려고 일부러 화분을 깬 거지?"

수린 선배가 우현이 앞으로 한 발짝 다가서며 물었다. 우현이는 매서워진 선배의 눈빛에 당황했다. 선배는 절대 물러서지 않을 기세로 우현이를 쏘아보았다.

"저 사람이 누구인지, 원장님 비밀이 뭔지 말하지 않으면 당장 경비대로 갈 거야."

15

우현이는 결국 수린 선배의 기세에 눌려 입을 열었다. 우리가 휴게실에서 본 사람은 원장님에게 사과를 가져온 중앙 식물 연구소 연구원이었다. 사정이 생겨서 지역 사람들 모르게 잠시 식물 병원에 머물게 된 터라 다른 사람들에겐 비밀이라고 했다. 무슨 사정이냐고 선배가 캐묻자 우현이는 자기도 모른다고 했다. 이번엔 진짜 모르는 것 같았다.

우현이는 식물 병원에 원장님을 만나러 들렀다가 우연히 연구원과 마주쳤다고 했다. 원장님이 비밀을 지켜 달라고 신신당부해서 입을 꾹 다문 거였다. 무슨 비밀인지 궁금해하며 잔뜩 긴장했었는데, 생각보다 시시한 비밀이었다.

"원장님이 할머니를 다치게 한 게 그 연구원과 관련 있을까?"

아무리 생각해도 원장님이 그럴 이유를 찾을 수가 없었다. 선배와 우현이도 그럴싸한 이유를 찾지 못했다. 우현이는 연구원이 여기 있다는 사실을 절대로 어른들에게 알리지 말아 달라고 부탁했다. 선배는 내키지 않는 표정이었지만 알겠다고 고개를 끄덕였다.

식물 병원 밖으로 나오니 어느덧 해가 지고 있었다. 다시 자전거를 타고 달려 갈림길에 이르렀을 때는 사방이 어두워서 자전거 전조등을 켜야 했다. 자전거 전조등은 페달을 돌려서 얻는 전기를 이용하기 때문에 페달을 밟는 세기에 따라 환하게 밝아졌다가 어두워지기를 반복했다.

갈림길에서 우현이와 헤어진 뒤, 선배와 나는 잠시 자전거를 손으로 끌고 걸었다. 갈림길 부근에는 가로등이 있어서 무섭지 않았다. 선배는 생각에 빠진 나머지 가로등 불빛이 사라진 후에도 자전거 타자는 말을 꺼내지 않았다.

"연구원이 지역 주민들 몰래 숨어 지내야 할 이유가 뭘까?"

수린 선배가 혼잣말처럼 중얼거렸다.

"무슨 사정이 있지 않을까요?"

대답은 이렇게 했지만 연구원의 행동이 수상하게 느껴졌다.

"보아하니 경비대에도 말을 안 한 거잖아. 원장님은 왜 연구원을 숨겨 주고 있지?"

선배가 인상을 찌푸리며 고개를 갸웃거렸다.

"처음엔 연구원이 찾아온 사실을 숨기지 않았잖아?"

선배 말을 듣고 보니 그랬다. 원장님은 연구원이 사과를 가져온 일과 차를 두고 간 일도 말하고 다녔다. 처음부터 연구원을 숨기려고 했으면 그런 사실도 전부 비밀로 했을 것이다. 생각할수록 이상하고 미심쩍은 점이 늘어났다.

선배와 나는 짙어진 어둠도 잊은 채로 생각에 잠겨 한참을 걸었다. 그러는 동안 뒤에서 조금씩 가까워 오던 불길한 소음을 선배가 먼저 눈치챘다.

"아까부터 저 소리가 들리지 않아?"

수린 선배의 말에 걸음을 멈추고 가만히 귀를 기울였다. 가까운 곳에서 들려오는 그 소리는 차가 천천히 움직이는 소리 같았다. 우리가 서 있는 동안은 차의 엔진 소리만 들려왔다.

"따라오는 것 같지 않아?"

선배가 의심스러운 눈으로 뒤를 돌아보며 말했다.

"누가 따라오겠어요. 경비대 말고 밤에 공유 차량을 쓰는 사람은 없어요."

선배를 따라 뒤를 돌아보며 말했다. 정말 급한 일이 아니면 아무도 밤에 차를 운전하지 않는다. 경비대라면 급한 일이라 경광등을 켜거나 사이렌을 울렸을 거다. 그런데 뒤쪽에서 들리는 소리는 분명 시동을 건 차가 멈췄을 때 나는 소리였다.

그때 문득 원장님이 타고 다니던 차가 떠올랐다. 연구원이 선물로 주고 가서 이용한다던 그 차량이.

순간 소름이 돋았다. 원장님이 타고 다니던 차량은 석유를 이용했다. 그런데 중앙 식물 연구소는 환경 보호를 중요시하기 때문에 연구원들은 석유를 쓰는 차량을 결코 이용하지 않는다.

"연구원이 맞긴 한 걸까요?"

내가 불쑥 뱉은 말에 선배가 무슨 뜻이냐는 듯 나를 보았다.

"원장님이 사과를 두고 간 연구원한테 선물로 받았다는 차량 말이에요."

수린 선배는 영재답게 내 말뜻을 바로 알아들었다.

"연구원은 석유를 사용하는 차량을 절대 이용하지 않아."

갑자기 선배의 발걸음이 빨라졌다.

"식물 병원에서 본 사람이 원장님한테 거짓말했을 수도 있어."

선배가 잽싸게 자전거에 올라탔다.

"정체를 들켰다고 생각해서 우리를 쫓아오는지도 몰라. 우현이는 원장님과 비밀을 지키겠다는 약속을 했지만 우리는 안 했으니까."

나도 무서워져서 재빨리 자전거에 올라탔다.

"뒤도 돌아보지 말고 집까지 전속력으로 달려. 알겠지? 집에 도착하면 나한테 연락하고."

수린 선배는 이렇게 말하고 페달을 힘껏 밟았다. 벌써 저만치 멀어져 가는 선배 자전거의 전조등 불빛을 보며 나도 온 힘을 다해 페달을 밟았다. 평소였다면 힘겹게 천천히 올랐을 오르막길에서도 속력을 늦추지 않았다. 힐끔 바라본 뒤쪽은 어둠뿐이었다. 내 귀는 온통 자전거가 달리는 소리로 가득했다. 그런데 그 사이로 차량이 달리는 소리가 희미하게 들려오는 듯해서 앞만 보고 달렸다.

드디어 집에 도착했을 때는 자전거를 그대로 내팽개친 후에 문을 열고 안으로 들어섰다. 거실에 앉아 있던 할머니가 그런 나를 이상하게 바라보았다.

"누가 쫓아오기라도 해?"

할머니가 농담처럼 물었다.

나는 숨을 헐떡이며 창문으로 다가가서 밖을 내다보았다. 바깥에는 짙은 어둠만이 가득했다. 뒤에서 따라오는 것만 같았던 차량은 어디에도 보이지 않았다.

혹시 선배를 쫓아간 걸까? 선배 집은 우리 집보다 조금 더 멀리 있다. 비슷한 속도로 달렸더라도 나보다 더 늦게 집에 도착할 터였다.

"이언, 무슨 일이야?"

할머니가 등 뒤에서 조금 근심스러운 목소리로 물었다.

"아무 일도 아니야."

나는 주방으로 가서 물을 한 잔 마신 뒤에 곧장 내 방으로 올라갔다. 할머니가 따라와서 이것저것 캐물으면 어쩌나 걱정했는데 다행히 그러지는 않았다.

방에 들어오자마자 태블릿을 꺼내서 수린 선배에게 집에 무사히 도착했다는 메시지를 보냈다. 선배에게서 온 메시지는 아직 없었다. 아직 집에 도착할 시간은 아니지만, 슬슬 걱정이 되었다. 초조하게 태블릿을 노려보는 동안 텔런이 불쑥 나타났다.

— 이언, 수린에게 무슨 일이라도 생겼어?

메시지 창을 열어 놓고 안절부절못하는 내게 텔런이 물었다.

“누가 쫓아갔을지도 몰라.”

내 말에 어떻게 반응해야 할지 모르겠다는 듯이 텔런이 잠시 움직임을 멈췄다.

— 무슨 뜻인지 물어도 될까, 이언?

텔런이 심각한 얼굴로 물었다.

텔런이라면 오늘 겪은 일에 관해 알아볼 수 있을지 몰랐다. 그렇지만 우현이와 비밀을 지키기로 한 약속이 기억났다.

“비밀이야.”

퉁명스러운 대답을 들은 텔런의 표정이 더욱 심각해졌다.

— 내 경험상 비밀은 위험해. 어른들에게 숨기는 비밀이면 더더욱 위험하고.

어른처럼 구는 텔런에게 짜증이 났다. 나는 못 들은 척하며 입을 꾹 다물고 메시지 창만 노려보았다. 선배에게 무슨 일이 생겼으면 어쩌지?

— 무슨 일인지 모르겠지만, 수린을 도우려면 나한테 비밀을 말해 줘야 해.

텔런이 단호하게 말했지만, 나는 원장님의 비밀을 지키려고 고집스럽게 입을 다물던 우현이처럼 버텼다. 그렇지만 시간이 흐르면서 불안감이 커졌다. 집에 도착해야 할 시간이 한참 지났는데도 수린 선배에게서는 메시지가 오지 않았다. 만약 무슨 일이 일어났다면 제일 빨리 도와줄 수 있는 사람은 텔런이었다. 걱정 때문에 거의 울기 직전이 되었을 때, 나는 결국 텔런에게 털어놓을 수밖에 없었다.

울먹이면서 오늘 식물 병원에 갔던 일과 우현이에게서 들은 원장님의 비밀 이야기를 모두 텔런에게 말했다.

— 말해 줘서 고마워.

내 말이 끝나자 텔런이 말했다.

— 내가 메시지 전송을 잠시 막았어. 수린이는 한참 전에 무사히 집에 도착했으니까 걱정하지 마.

텔런의 말이 끝나자 선배가 보낸 메시지가 곧장 창에 떠올랐다. 텔런이 나를 속이다니, 화가 치밀었다.

“비밀을 지켜 주지 않으면 내 태블릿에서 삭제해 버릴 거야!”

텔런은 대답 없이 사라져 버렸다.

16

이튿날 아침, 침대에서 벗어나기도 전에 현관문을 두드리는 소리가 들렸다. 잠시 후, 문 열리는 소리가 나더니 할머니 목소리 사이로 해나의 목소리가 들려왔다. 나는 벌떡 일어나서 문에 바짝 귀를 가져다 댔다.

"너무 일찍 찾아온 건 아니죠?"

해나 목소리에 이어서 식물 병원 원장님 목소리가 들렸다.

"텔런! 해나에게 알린 거야?"

침대 옆에 놓인 태블릿을 향해 작은 소리로 외쳤다. 텔런은 나타나지 않았다. 잠시 망설이다가 어떻게 된 일인지 알아보기로 하고 하품을 하며 밖으로 나갔다.

"안녕, 이언."

원장님이 나를 보더니 약간 어색하게 인사를 건넸다.

거실에는 할머니와 해나 그리고 원장님 말고도 낯선 아저씨가 있었다. 처음 보는 사람이었다. 아저씨는 나를 보고 반갑다는 듯이 웃었다. 능글맞아 보여서 느낌이 썩 좋지는 않았다.

"어제 식물 병원에 다녀갔다는 이야기는 들었단다."

원장님이 머리를 긁적이며 말했다. 나는 당황해서 해나를 바라보았다.

"수린이가 어제 나한테 말해 줬어."

텔런이 아니라 선배가 해나에게 알린 거였다. 텔런을 믿지 않고 화를 낸 일이 조금 미안해졌다.

"다친 데는 괜찮아?"

원장님이 할머니에게 인사하며 바구니를 건넸다.

"이 친구가 가져온 사과예요. 맛 좀 보시죠."

바구니에는 지난번에 씨앗 도서관에서 먹어 본 사과가 몇 개 들어 있었다. 할머니는 사과를 물끄러미 바라보더니 바구니를 받아서 탁자에 올려놓았다.

"아침부터 이게 다 무슨 일이야. 저 사람은 또 누구고."

할머니가 살짝 인상을 쓰며 낯선 아저씨를 바라보았다. 그런데 아저씨를 자세히 살피던 할머니의 표정이 점점 굳었다.

"그 사람이야!"

할머니가 큰 소리를 내는 바람에 깜짝 놀랐다. 그 사람이라니,

대체 무슨 소리일까.

"맞아. 지금 그 이야기를 하러 왔어."

해나가 침착하게 할머니를 진정시키며 말했다.

엄마와 어릴 적부터 친구여서 할머니와는 뻔질나게 보아 온 사이인데도 해나는 언제나 정중하다. 할머니는 해나가 엄마와 달리 신중한 사람이라며 늘 좋게 이야기했다. 엄마의 덜 신중함이 할머니를 꼭 빼닮은 사실은 모른 척하면서 말이다.

"미안해."

갑자기 낯선 아저씨가 끼어들더니 할머니에게 사과했다.

"전부 나 때문에 벌어진 일이야."

이게 다 무슨 소리지? 낯선 아저씨와 할머니를 번갈아 봤다.

"사건이 벌어진 날 밤에 협동 농장에서 당신이 쫓아온 사람이 바로 나였어."

아저씨가 어색하게 웃었다.

"원장은 내가 도망치도록 도와주려다 당신을 다치게 한 거고."

그 말을 들은 할머니가 얼굴을 찡그렸다.

"나인 줄 알면서도 그랬다고?"

할머니가 원장님을 노려보았다. 원장님은 시뻘겋게 달아오른 얼굴로 어쩔 줄 몰라 했다.

"거기에도 사정이 있어."

낯선 아저씨가 원장님 대신 입을 열었다.

그날 아저씨는 협동 농장을 살펴보려고 했는데 할머니와 마주치자 어쩔 수 없이 돌을 던져서 가로등을 깨고 도망쳤다. 갈림길 근처에서 아저씨를 기다리던 원장님은 가로등이 갑자기 꺼지는 바람에 소리를 지르며 쫓아오는 할머니를 알아보지 못하고 꽉 붙잡았다. 그러다가 내 소리를 듣고 도망친 거였다. 다음 날, 다친 사람이 할머니라는 사실을 알고는 너무 놀랐다고 했다.

"그런데 애초에 저 사람은 왜 협동 농장에 몰래 들어간 거야. 게다가 원장 집엔 왜 숨어 있었고."

할머니가 눈빛을 날카롭게 빛내며 따지고 들었다. 원장님은 거북처럼 목을 움츠리면서 턱을 매만졌다.

"이 친구는 중앙 식물 연구원 소속 연구원인데 인근 지역에 있다가 간신히 도망쳐서 우리 지역으로 들어온 거야."

다른 지역에서 도망쳤다고? 이야기가 점점 이상한 방향으로 흘러가는 것 같았다. 나는 원장님 뒤에서 집 안을 둘러보며 여기저기 기웃거리는 낯선 아저씨를 멀거니 쳐다보았다.

"도망쳤다고?"

할머니가 아저씨를 쏘아보자 해나가 사과 바구니를 가리켰다. 사과를 보는 할머니의 눈빛이 흔들렸다. 해나는 할머니를 마주보며 고개를 끄덕였다. 이어진 말을 들은 나는 깜짝 놀라서 얼어붙었다.

"최근에 약탈자에게 당한 그 지역에서."

약탈자에게 당한 지역에서 도망친 사람이라고? 약탈은 먼 곳의 일인 줄 알았는데, 약탈자를 만나 본 사람이 내 눈앞에 있었다. 약탈자가 바로 내 곁에 있는 것처럼 무서워졌다. 나와 눈이 마주친 아저씨는 겁낼 것 없다는 듯이 웃었지만, 두려움은 가라앉지 않았다.

"이분, 그러니까 지호가 숨어 있었던 이유는 약탈자가 쫓아와서 우리 지역에 숨어들었을 가능성이 있기 때문이야."

해나가 심각한 표정으로 말했다.

너무 무서워서 이젠 몸이 떨리기까지 했다. 약탈자가 벌써 우리 지역에 왔다고?

"내가 약탈자의 차량을 훔치는 바람에 일이 그렇게 됐어요."

지호 아저씨가 머리를 긁적였다.

"약탈자들이 마을을 습격한 날에 식물을 채집하러 지역을 잠시 벗어나 있었어요. 돌아와 보니 온 지역이 쑥대밭이더라고요. 약탈자들이 농장을 습격하는 동안 밖에 차를 세워 놨기에 냉큼 타고 도망쳤죠. 지역 사람들을 도와주지 못한 건 정말 괴로웠지만……."

지호 아저씨의 목소리가 가라앉았다.

약탈자들에게 당한 지역 사람들을 떠올리니까 숙연해졌다. 애써 키운 작물과 씨앗을 모두 빼앗긴 그 지역 사회 공동체는 살아남지 못했겠지. 약탈자들에게 습격당한 다른 지역처럼 사람들은 모두 뿔뿔이 흩어져야 했을 것이다.

"처음에는 훔친 차에 대해 별생각이 없어서 원장에게 줬는데, 약탈자들에게는 차량이 중요해요. 흔적을 찾아 여기까지 올 것 같아서 어젯밤에 차를 먼 데다 버리고 왔어요."

지호 아저씨 표정이 어두워졌다.

어젯밤에 수린 선배와 내가 들었던 소리는 지호 아저씨가 버리려고 몰고 가던 차량에서 나는 소리였나 보다. 사실을 알고 나니 잔뜩 겁먹었던 것이 우스웠다.

"약탈자와 관련해서 이상한 조짐은 없어?"

할머니가 걱정스레 해나에게 물었다. 해나는 고개를 저었다.

"지역으로 들어오는 도로는 모두 경비대가 지키고 있어. 신분이 확실하지 않은 사람은 통과시키지 않거나 등록할 거야."

해나가 믿음직한 목소리로 말했다. 그때 문득 지호 아저씨의 존재를 모를 때 느꼈던 이상한 점들이 떠올랐다.

"아저씨도 신분증이 있어?"

지호 아저씨는 내 질문에 빙긋 웃었다.

"연구원이니까 당연히 신분증이 있어. 그러니까 경비대에서 나를 찾으려고 원장을 만나러 올 수 있었지."

그러자 원장님이 당황해서 턱을 문질렀다.

"떠났다고 거짓말해서 미안. 이 친구를 데리고 협동 농장에 몰래 들어간 것도 미안해. 하지만 연구원이라면 그 지역의 농장을 당장 둘러봐야 직성이 풀리거든."

원장님이 쩔쩔매는 얼굴로 해나에게 계속 사과했다. 해나보다 할머니가 더 화가 난 것 같았지만, 미안해서 어쩔 줄 모르는 원장님이 딱해 보였는지 더 따지지는 않았다.

"지호가 떠나기 전에 약탈자들에게 마을이 습격당하던 날 이야기를 공동체 회의에서 해 달라고 부탁했어."

해나가 말하자 할머니는 고개를 끄덕였다.

"자세히 들으면 우리 지역에서 약탈자의 습격을 대비하는 데 도움이 되겠지."

17

수린 선배는 식물 병원에서 봤던 수상한 사람이 해나와 함께 찾아왔다는 말을 듣더니 어떻게 생겼는지 궁금해했다.

"조금 능글맞게 생겼어요."

선배는 몰래 숨어 다니던 연구원이 마음에 들지 않는 모양이었다.

"신고는 언제 한 거예요?"

텔런보다 더 일찍 경비대에 연락한 선배에게 감탄하면서 물었다. 선배는 어른들에게 알리지 않으면 위험한 일이 생길 것 같아서 집에 도착하자마자 해나에게 연락했다고 했다.

"수상한 사람을 봤다고 했는데도 해나는 놀라지 않았어. 어쩌면 경비대에서는 벌써 알고 있었는지도 몰라."

선배는 해나가 너무 담담했다고 했다.

나는 식물 병원에 연구원이 몰래 다녀갔다는 이야기를 해나에게 한 적이 있다고 털어놓았다. 지난번에 누가 협동 농장에 몰래 들어간 일까지 있어서 경비대에서 이런저런 조사를 하고 있었을지도 몰랐다.

“쫓아온 약탈자가 무서웠으면 경비대를 찾아갈 것이지, 몰래 숨어 지내다니 정말 이상한 사람이야.”

선배는 탐탁지 않다는 듯이 말했다.

“우리 지역에 약탈자가 들어와 있을 것 같아서 그랬대요.”

내 말에 선배의 표정이 굳어졌다.

“그럴 리가 없잖아.”

퉁명스럽게 말하는 선배는 긴장한 것처럼 보였다. 선배도 약탈자가 두려운 게 틀림없다. 언제나 씩씩하고 당당한 수린 선배가 긴장한 모습을 보자 처음으로 인간적으로 느껴졌다.

“그건 그렇고, 우현이 말이야. 너무 밉살스럽지 않아?”

선배는 우현이가 식물 병원에 숨어 지내는 연구원 이야기를 우리에게 꼭꼭 숨긴 일이 마음에 들지 않는 것 같았다. 나도 마찬가지였다. 우현이는 어릴 때부터 제일 친한 친구였는데, 나도 모르는 비밀이 있었다니 그냥 속상했다.

그래서 방과 후에 씨앗 도서관에서 우현이를 만났을 때 어색하게 인사하고 말았다. 우현이는 나를 힐끔거리면서 이상하게 바라보더니 말없이 씨앗을 분류해서 통에 담기 시작했다. 나도 조금 떨어진 곳에 자리를 잡고 작업을 시작했다.

우리가 일하는 장소에는 밤의 정원 프로젝트에 사용하는 마법 지팡이가 잔뜩 쌓여 있었다. 또 어느 날 밤에 어른들은 망토를 두르고 저 지팡이를 들고서 마법사처럼 황무지로 나갈 것이다. 그곳에서 무엇을 하는지 영린은 아직도 이야기해 주지 않는다. 언젠가 나도 어른들과 함께 마법사처럼 밤의 정원으로 갈 수 있으면 좋겠다.

지팡이를 보다가 고개를 돌린 나는 우현이와 눈이 마주치는 바람에 얼른 시선을 돌렸다. 갑자기 심장이 쿵 내려앉는 느낌이었다. 우현이는 아까부터 나를 바라보고 있었던 것 같았다. 왠지 긴장돼서 모르는 척하고 통에 씨앗을 담았다.

"이언, 화났어?"

갑자기 우현이 목소리가 바로 옆에서 들려 깜짝 놀랐다. 어느새 우현이가 곁에 바짝 다가와 있었다. 얼굴이 너무 가까워서 거리를 두었지만, 여전히 우현이는 너무 가까이 있었다. 우현이에게서 나는 풀 냄새가 코를 간지럽혔다.

"화, 화가 나다니?"

긴장한 것을 들키기 싫어서 눈을 피하며 물었다.

"아까부터 나를 피하는 거 같아서. 원장님 비밀을 너한테 먼저 말해 주지 않아서 화난 거지? 미안해."

우현이가 풀 죽은 목소리로 사과했다.

"왜 나에게……."

'그 일을 숨겼어?' 이렇게 따지려고 고개를 홱 돌렸다가 우현이를 정면으로 마주 보고 말았다. 바로 눈앞에서 우현이가 나를 똑바로 바라보고 있었다. 이상했다. 날마다 마주치는 얼굴인데 오늘은 다른 사람처럼 느껴져서 어색했다.

"화난 거 아니야."

마음과 달리 퉁명스럽게 말하고 고개를 홱 돌렸다.

"정말이지?"

우현이가 확인하려는 듯이 물어서 고개를 끄덕였다.

"다행이다."

우현이가 혼잣말처럼 중얼거렸다. 기쁜 듯한 목소리여서 기분이 이상해졌다.

"지호 아저씨는 좋은 분 같았어."

옆에 바짝 붙어 앉아서 우현이가 평소처럼 말했다.

"식물 지도를 만들려고 전 세계를 다녀 봤대."

연구원이 되고 싶다고 하더니, 지호 아저씨 말을 듣고서 결심한 걸까? 우현이는 연구원이 들려준 신기한 지역 이야기에 푹 빠진 듯했다. 신난 모습을 보니 정말 언젠가는 연구원이 되어 멀리 떠날 것만 같다. 우현이가 그냥 씨앗 도서관에 남았으면 좋겠다. 그래서 아주 오래오래 친구로 지낼 수 있으면 좋겠다.

쓸쓸한 기분이 되어서 말없이 통에 씨앗만 담았다. 우현이는 내가 별 반응을 하지 않자 표정이 조금 시무룩해지더니 곧 입을 다물었다. 우리 둘은 어색한 침묵 속에서 묵묵히 씨앗을 담기만 했다.

“영린이 잠시 오래.”

잠시 자리를 비웠던 수린 선배가 돌아와서 말했다.

“뒷정리는 내가 할게.”

우현이가 나를 쳐다보지도 않고 말했다. 나는 남은 씨앗과 통을 우현이 앞으로 밀어 놓고 자리에서 일어났다.

“둘이 싸우기라도 했어?”

관장실로 가면서 선배가 물었다.

“아니요.”

억지로 웃어 보이며 말하자 선배가 의심쩍어하는 눈초리로 바라보았다. 늘 그렇지만, 선배는 눈치가 정말 빠르다. 그나마 무슨 일인지 캐묻지 않아 다행이었다.

“지역 사회 공동체 임시 회의 날짜가 잡혔대.”

선배가 말을 꺼냈다.

임시 회의는 다음 주 토요일에 열린다고 한다. 기간은 얼마 남지 않았지만, 지금까지 여러 준비를 해 놨기 때문에 문제는 없을 것 같았다. 도서관원들은 벌써 알고 있다고 선배가 말했다. 공동체 회의는 항상 씨앗 도서관에서 준비하기 때문에, 회의 준비가 처음인 사람은 청소년 활동가인 우리뿐이었다. 게다가 도서관원이 아니어서 임시 회의와 관련해 자세한 이야기는 듣지 못했다. 그래서 영린은 임시 회의 전에 우리에게 여러 가지를 일러 주려는 걸까.

관장실은 비어 있었다. 수린 선배와 나는 관장실 의자에 앉아 영린을 기다렸다. 관장실은 처음 왔을 때와 똑같았다. 크고 작은 화분, 아기자기한 장식, 서툴게 그린 그림에서는 변함없이 따스함이 묻어났다.

"저 그림, 우현이가 그렸대요."

손가락으로 그림을 가리켰다. 선배는 낙서 같은 그림을 보고는 피식 웃었다.

"그런데 이건 뭐야?"

선배가 일어나서 벽 쪽으로 가더니 작은 유리병 속을 들여다보았다.

"이상하게 생겼어. 색깔도 희한하고."

"기적의 장미래요. 영린이 친구한테서 받은 선물인데, 햇볕을 받고 겨울에 피어났었대요."

선배는 유리병을 조심스럽게 들어 올려서 장미를 자세히 관찰했다.

"역시 씨앗 도서관 관장님답네. 햇볕이 식물에게 얼마나 중요한지 알려 주는 상징이잖아."

선배가 감탄한 투로 말하면서 유리병을 내려놓았다. 사실 영린은 그 장미를 보면서 햇볕처럼 따뜻한 사람이 되고 싶어 했다더라는 말은 굳이 하지 않았다.

조금 뒤 영린이 환하게 웃는 얼굴로 돌아왔다. 수린 선배는 영린을 보자 또 긴장해서 굳어 버렸다. 평소 당당한 태도가 존경하는 영린 앞에만 서면 사라지는 것 같다. 동작도 말도 뻣뻣한 모습을 보니 웃음이 나오려 해서 꾹 참았다.

"이언, 지역 사회 공동체 임시 회의 날짜가 정해졌다는 이야기는 수린에게서 들었지?"

영린이 책상 앞에 앉으며 물었다.

"우리가 뭘 도와드려야 하나요?"

궁금해서 물었다. 할머니를 따라 공동체 회의에 참석해 본 적은 있어도 자리에 가만히 앉아 있기만 했기 때문에 회의에 뭐가 필요한지는 전혀 몰랐다.

"청소년 활동가들이 도와준다니 든든하구나."

영린이 인자하게 웃으며 우리가 해야 할 일을 설명해 주었다.

먼저 회의가 열리기 전에 도서관원들과 함께 회의실을 청소해야 했다. 의자를 배치하고 방송 시설을 점검하는 일은 도서관원들 담당이었다. 우리는 회의가 열리는 날에 식순이 적힌 종이를 미리 회의장에 붙이고, 도서관 입구에서 시민들을 안내하는 일을 맡았다.

"단순해 보이지만, 회의장 질서를 유지하는 일이니까 매우 중요해."

영린이 엄청난 임무를 맡기는 것처럼 힘주어 말했다.

"더구나 이번 임시 회의에서는 약탈자 대비책을 의논하기 때문에 사람들이 꽤 많이 올 거야."

그때, 통나무처럼 서 있던 수린 선배가 불쑥 끼어들었다.

"약탈당한 마을 사람의 경험담을 들어 보는 건 어때요?"

선배가 참았던 숨을 토해 내는 것처럼 단숨에 말했다. 영린이 들어온 이후부터 쭉 긴장을 풀지 못한 상태라는 게 한눈에 보여서 하마터면 웃을 뻔했다.

"약탈당한 마을 사람? 식물 병원에 숨어 있던 연구원 말이야?"

선배와 나는 함께 고개를 끄덕였다.

약탈자의 무서움을 알지만, 실제로 약탈자를 본 사람은 아무도 없다. 약탈당한 마을에 있었던 연구원의 이야기를 들어 본다면 약탈자를 대비하기 위해 무엇을 해야 하는지 알 수 있을 듯했다. 게다가 지역 시민들에게 약탈자에 대한 경각심을 일깨울 수도 있다.

논리적으로 말하는 선배가 평소 모습으로 돌아온 듯이 보인 것은 잠시였다. 영린이 감탄하는 표정으로 칭찬하자 선배는 얼굴이 빨개져 버리고 말았다.

"정말 좋은 생각이야."

영린이 몇 번이나 칭찬하자 선배 얼굴은 더 시뻘게졌다. 선배가 익어 버리지나 않을지 걱정될 정도였다.

“마침 연구원에게 사과 재배법을 물어보러 식물 병원에 갈 생각이었어. 내가 직접 부탁해 볼게.”

영린이 잘됐다는 듯이 말했다.

“우리도 같이 가도 돼요?”

오랜만에 식물 병원 원장님을 보고 싶기도 해서 영린에게 물었다. 영린은 당연히 괜찮다면서 식물 병원에 갈 때 연락을 주겠다고 했다.

수린 선배의 얼굴은 관장실을 나오자 차츰 본래의 색으로 돌아왔다. 하지만 은은한 분홍빛은 도서관을 나올 때까지 사라지지 않았다.

자전거를 세워 둔 곳으로 가니 우현이가 기다리고 있었다. 아까부터 느꼈던 어색함이 아직 사라지지 않아서 어떻게 말을 건네야 할지 알 수 없었다. 모든 것이 평소와 같은데 대체 뭐가 달라져서 그럴까.

“이언.”

우현이도 나만큼이나 어색했는지 내 이름을 불러 놓고 시선을 내리깔더니 할 말을 찾는 것처럼 우물쭈물했다.

‘평소처럼 잘 가라고 말해.’

마음속으로 우현이에게 말했다. 그러면 나도 내일 보자, 이렇게 평소처럼 답할 테니까. 그러면 서로 이상한 어색함을 잊고 평소처럼 돌아갈 수 있을 거야.

그런데 우현이는 내가 제일 듣기 싫은 말을 꺼냈다.

"과제 식물은 잘 크고 있어?"

그 순간, 짜증이 머리끝까지 치밀어 화난 목소리로 대꾸하고 말았다.

"몰라!"

18

다음 날 아침, 수린 선배가 남긴 메시지를 보았다. 우현이가 내게 화가 난 것 같더라는 내용이었다. 그러게 간신히 잊었던 과제 식물 이야기를 누가 꺼내래? 최선을 다했는데도 결국 내 손에서 죽은 과제 식물이 떠올라 슬프고 분해서 눈물이 찔끔 났다.

텔런과 이야기를 나누면 기분이 나아질까 해서 불러봤지만 텔런은 나타나지 않았다. 벌써 며칠째 불러도 대답이 없다. 뭔지는 몰라도 열심히 정리하느라 바쁜 모양이었다. 그렇지만 계속 나타나지 않으니까 사라진 것은 아닌지 슬슬 걱정되었다.

거실에는 요즘 텔런만큼이나 바쁜 할머니가 앉아서 뉴스를 읽고 있었다. 근래에 들어서 할머니는 야근이 잦다. 학교에서 돌아오면 늘 할머니가 집에 있었는데 요새는 늦은 밤이 되어야 돌아온다. 그래서 내가 괜찮은지 살펴 주려고 해나가 매일 우리 집에 들른다.

"지역 사회 공동체 임시 회의에 지호 아저씨를 초대할 거래. 약탈자에게 습격당한 지역 이야기를 들으면 대비하는 데 도움이 될 것 같다고 수린 선배가 영린에게 건의했어."

아침을 먹으면서 할머니에게 말을 꺼냈다.

"좋은 생각이네."

할머니가 무심히 대답했다. 잠을 제대로 못 잤는지 피곤해 보였다.

"약탈자들이 어떻게 생겼는지 정하는 알아?"

문득 궁금해서 물었다. 지역 사회 공동체를 파괴하는 약탈자들이니까 보통 사람과는 다르게 생겼을 것 같았다. 할머니는 회의에 가서 지호 아저씨에게 물어보라며 내 이야기에 더는 관심을 두지 않았다. 언제나 대화를 이어 가려고 애쓰는 영린과 너무 비교된다.

나는 무슨 이야기를 더 해 볼까 고민하다가 얼마 전에 학교에서 열린 공개 토론 대회 이야기를 꺼냈다.

할머니는 학교에서 편 가르기를 가르치느냐며 투덜대더니 식량을 안정적으로 공급하려면 협동 농장 증설이 옳다고 했다.

"그렇다고 내가 토지 경작 연구를 반대한다는 뜻은 아니야. 바보짓이라고 생각하는 거지."

말투는 단호했지만, 찬성과 반대 중간쯤이라는 듯 모호한 대답이었다. 왠지 할머니답지 않았다. 씨앗 도서관이라면 치를 떠니까 당연히 토지 경작에 결사반대하는 이유를 설명할 줄 알았는데 말이다.

"씨앗 도서관을 싫어하지 않았어?"

할머니 표정을 살피며 물었다.

"좋아하지는 않지."

할머니가 창밖으로 시선을 던지며 말했다. 저 너머에서 오늘도 씨앗 도서관의 기계들이 움직이고 있었다.

"저 시끄러운 놈들을 치워 주면 얼마나 좋겠어."

할머니가 먼 곳 어딘가를 노려보았다.

그런데 저편에서 우리 집으로 걸어오는 해나가 보였다. 그 뒤를 어떤 아저씨가 따르고 있었다. 협동 농장에서 할머니와 함께 일하는 아저씨여서 낯이 익었다.

"아침부터 무슨 일이야?"

할머니가 의아해하며 해나를 맞았다.

"작물을 창고로 옮기는 일이 거의 끝났다는 소식을 전하려고."

해나와 지호 아저씨도 할머니만큼이나 피곤해 보였다. 협동 농장에서 작물을 수확하는 시기가 되면 창고에 자리를 마련하기 위해 오래된 작물을 다른 곳으로 옮기는 작업을 한다. 벌써 작물 수확 시기가 다가왔다니, 평소보다 이른 것 같다.

"경비대가 많이 도와줘서 빨리 끝날 것 같아."

할머니와 함께 온 아저씨가 말했다.

어른들이 재미없는 이야기를 더 늘어놓기 전에 학교에 가려고 서둘러 일어섰다. 그런데 해나가 나를 부르더니 전할 말이 있다고 했다.

"오다가 황무지에서 우현이를 만났어. 메시지를 보냈는데 안 읽더라며, 꼭 전해 달라는 말이 있어."

화가 났다더니 벌써 풀린 모양이었다. 들으나 마나 화해하자는 말일 것이다.

"오늘 오후에 영린이 식물 병원에 간대. 가고 싶으면 방과 후에 수린이랑 같이 식물 병원으로 오라던데?"

예상과 달라서 조금 실망했다. 그렇지만 식물 병원에 함께 가자는 말이니까 먼저 사과한 셈이라고 치기로 했다.

집을 나서자 황무지 쪽에서 불어오는 바람이 차가웠다. 혹시 우현이를 만나지 않을까 기대했는데, 황무지에서 일하는 도서관원들 사이로 우현이는 보이지 않았다. 어제 우현이에게 공연히 짜증 낸 일이 미안해졌다. 그렇지만 오후에 얼굴을 보면 언제 서로 화냈었느냐는 듯할 것이다. 우리는 늘 그래 왔으니까.

학교에 도착해서 곧장 수린 선배의 교실로 향했다. 방과 후에 식물 병원에서 영린을 만나기로 했다고 전하자 선배는 기분이 좋아 보였다. 오늘 선배 머릿속에서는 영린 생각이 떠나지 않을 것 같았다. 그리고 내 머릿속은 우현이 생각으로 가득했다.

둘이서 다투면 언제나 우현이가 먼저 사과하거나 말을 걸었는데 이번엔 내가 그래야 할 것 같았다. 과제 식물이 죽었다고 애꿎은 우현이에게 화풀이한 거나 마찬가지였으니까. 그런데 뭐라고 말을 건네야 할지 고민이었다. 어색하지 않게 화해하는 방법을 고민하느라 멍하니 시간을 보내고 나니 벌써 방과 후였다.

여느 때 같으면 내가 수린 선배를 데리러 가는데 오늘은 선배가 벌써 교실 앞에서 기다리고 있었다. 우현이를 얼른 만나고 싶어 나도 서둘렀다.

그런데 식물 병원 앞에서는 영린 혼자 우리를 기다리고 있었다. 나는 인사하는 것도 잊고 우현이를 찾아 두리번거렸다.

"우현이는 도서관에서 도와야 할 일이 생겨서 못 왔어."

영린이 내 마음을 읽기라고 한 것처럼 말했다.

온종일 우현이에게 할 말을 궁리했는데 오지 않는다니 실망스러웠다.

"그런데 둘이 싸우기라도 했어?"

수줍게 인사하는 수린 선배와 인사를 나누고 영린이 내게 물었다.

"보통 때는 이언이랑 같이 있으려고 못 오게 해도 올 녀석인데, 도서관에 있겠다고 해서 깜짝 놀랐지 뭐니."

영린이 고개를 갸웃거리면서 식물 병원 정원으로 들어섰다.

그 말을 듣고 나니 먼저 사과하려던 용기가 사라졌다. 화가 많이 나서 사과를 받아 주지 않으면 어쩌나 걱정되었다. 화해하기가 점점 어려워질 것만 같은 느낌이었다.

영린은 정원에 있는 식물을 자세히 보려고 가끔 멈춰 서면서 선배와 이야기를 나누었다. 영린 앞에만 서면 경직되던 선배가 오늘은 영린과 자연스럽게 이야기를 나누고 있었다. 좋아하는 식물 이야기를 해서 그런 것 같다.

두 사람의 이야기는 식물 병원 건물 앞에 이르러서야 그쳤다. 영린이 현관문을 두드리자 지호 아저씨가 문을 열고 나왔다.

"원장님은 안 계세요?"

영린이 의외라는 듯이 물었다.

"없어. 아니, 없어요."

영린이 쓰는 존댓말에 당황한 지호 아저씨가 존댓말로 고쳐 대답했다.

아저씨는 멀뚱히 영린을 바라보다가 내게로 시선을 옮겼다. 그나마 안면이 있는 사이여서 반가워하는 것 같았다.

"씨앗 도서관 관장님이야. 아저씨를 만나러 왔어."

지호 아저씨는 영린이 관장님이라는 말을 듣고 깜짝 놀라더니 안으로 들어오라는 듯이 비켜섰다.

"경비대에서 어떤 일을 겪었는지는 들었어요."

병원 안으로 들어서면서 영린이 안쓰러운 표정으로 지호 아저씨에게 말을 건넸다. 아저씨는 머리를 긁적이고는 휴게실까지 우리를 안내했다.

"그런데 저는 왜 만나러 오셨어요?"

지호 아저씨는 원장님이 자주 마시는 차가 담긴 찻잔을 들고 와서 우리에게 나눠 주며 물었다.

"부탁드릴 일이 있어서요."

영린은 차를 한 모금 마시고 정중하게 말했다.

영린이 지역 사회 공동체 임시 회의에 참석해서 약탈자에 관해 말해 주길 바란다고 하자 아저씨는 인상을 찡그렸다.

"그 끔찍한 일을 다시 떠올리라고요?"

지호 아저씨가 내키지 않는 투로 물었다.

"물론 쉬운 일은 아니겠지요."

영린이 아저씨를 딱하게 됐다는 듯이 바라보았다. 그렇지만 포기하지 않고 설득하려 했다.

"우리 지역에는 약탈자를 경험해 본 사람이 없어요. 경험담을 들려준다면 도움이 될 거예요."

영린은 그래도 아저씨가 망설이자, 외부인에게 공개한 적이 없는 씨앗 도서관의 연구를 공유하겠다고 제안했다. 덤으로 씨앗 도서관에서 보유한 희귀한 씨앗도 보여 주겠다고 했다.

그러자 지호 아저씨가 호기심을 보였다. 아저씨는 연구원이니까 당연히 영린이 제안한 것들에 관심이 많을 터였다.

"약속하시는 건가요?"

지호 아저씨는 마음이 흔들린 것 같았다. 영린은 온화한 표정으로 고개를 끄덕였다.

아저씨는 잠시 곰곰 생각하더니 이윽고 결심을 굳힌 듯했다.

"좋아요. 대신 임시 회의가 열리기 전에 약속을 지켜 주시죠."

굳었던 얼굴이 풀리자 아저씨의 능글맞은 표정이 되살아났다.

그 표정 때문에 아저씨가 정말 임시 회의장에 나타날지 의심이 들었다. 씨앗 도서관에서 알고 싶은 것을 다 알고 나서 그냥 떠나 버려도 어쩔 도리는 없으니까. 선배도 나와 같은 생각을 했는지 아저씨를 의심쩍어하는 눈으로 바라보았다. 그런데 영린은 아저씨를 믿기로 한 것 같았다.

"그래요. 임시 회의 전에 씨앗 도서관에 오실 날짜를 지금 정하죠."

영린이 시원스럽게 대답했다.

"약속하신 일이 내게 어떤 의미인지 짐작도 못 하실 거예요."

아저씨는 눈을 빛내며 영린에게 고맙다고 했다.

"그런데 사과 재배에 관한 이야기를 나눠도 괜찮을까요?"

들떠 보이는 아저씨에게 영린이 신중하게 말을 꺼냈다.

"얼마 전에 원장님이 사과를 선물로 주셔서 그 씨앗을 잘 보관하고 있어요. 전에 머물던 지역 농장에서 사과를 어떤 식으로 재배했는지 알 수 있다면 우리 지역에서도 재배할 수 있을지 시험해 보고 싶어요."

아저씨는 고개를 비스듬히 기울이더니 난처한 표정으로 머리를 긁적였다.

"사실 제가 도착한 직후에 약탈이 벌어지는 바람에 자세히 조사하지는 못했어요."

잔뜩 기대에 찼던 영린의 얼굴에 실망한 기색이 스쳤다. 그러자 수린 선배가 못 참겠다는 듯이 불쑥 끼어들었다.

"그래도 농장에서 재배하는 모습은 봤을 거잖아요."

"그렇긴 하지만……."

지호 아저씨는 자신 없는 표정으로 말을 흐렸다.

"사과 재배와 관련해 기억나는 점이 있으면 전부 말해 주세요."

선배가 눈을 반짝이며 아저씨 곁으로 바짝 다가갔다. 아저씨는 난처해하는 얼굴이었지만, 도움이 된다면 얼마든지 말해 주겠다고 했다. 영린과 수린 선배는 아저씨가 그 지역 협동 농장에서 알게 된 사실을 전부 기억해 낼 때까지 떠나지 않겠다고 결심이라도 한 것처럼 이야기를 듣는 중간중간 집요하게 질문을 퍼부었다. 나는 쩔쩔매는 아저씨가 불쌍해 보이기까지 했다.

세 사람이 열심히 이야기 나누는 동안 나는 휴게실을 나와서 식물 병원 여기저기를 구경했다. 병원에 있는 식물들은 찾아올 때마다 조금씩 바뀐다. 지난번에 왔을 때 시들시들하던 식물이 푸릇푸릇해져 있기도 하고, 새로 시들어 가는 식물이 눈에 띄기도 한다.

과제 식물을 다시 검사받는 날은 열흘 뒤였다. 내가 실패했다는 사실을 선생님이 알게 되는 순간, 나는 진정한 살식마로 학교 역사에 길이길이 남을 것이다. 우울해진 기분으로 누런 식물 잎을 쓰다듬었다. 검사가 끝날 때까지 과제 식물이 살아 있으면 원장님에게 데려와야겠다. 수경 재배 과목을 이수하지는 못해도 식물이 죽지는 않았으면 좋겠다.

병든 식물이 놓인 방 옆에는 죽기 직전인 식물을 보살피는 방이 있다. 과제 식물을 데려온다면 이 방에 가져다 놓게 될 것이다. 그 방 안은 햇볕 대신 식물에게 비추는 발광 다이오드 불빛으로 가득했다. 환한 빛을 보고 있으니까 기분이 조금 밝아지는 느낌이었다.

그때, 뒤에서 인기척이 들려 몸을 돌렸다. 그런데 등 뒤에는 아무도 없었다. 혹시 휴게실에서 이야기 나누던 세 사람 중 한 명인가 해서 휴게실 쪽을 봤다. 그러나 휴게실에서는 여전히 세 사람의 목소리가 번갈아 들려왔다.

식물 병원에 다른 손님이 있을 리가 없는데, 누구지? 순간, 다시 소리가 들렸다. 창고 쪽에서 나는 소리였다.

살금살금 그쪽으로 발걸음을 옮기던 나는 창고 안으로 후닥닥 들어가는 사람의 뒷모습을 보았다. 원장님이었다.

지호 아저씨는 원장님이 없다고 했는데 어떻게 된 일일까? 보통은 반갑게 맞으면서 맛있는 간식까지 주는데, 이상하기 짝이 없었다.

"이언, 거기서 뭐 해?"

창고로 가 보려는데 뒤에서 수린 선배가 불렀다.

"지금 출발할 거야."

선배가 빨리 오라고 손짓하는 바람에 선배 쪽으로 걸음을 옮기다가 창고를 뒤돌아보았다.

"영린과 먼저 가요. 나는 원장님이 오면 만나고 갈게요. 물어볼 게 있어서요."

선배는 나를 빤히 바라보며 잠시 망설였다.

"같이 남아 있어 줄까?"

선배가 걱정스럽게 물었다. 선배에게 이렇게 다정한 면이 있다니, 애들이 선배를 좋아하는 이유를 이제야 조금 알 것도 같다. 그렇지만 나는 고개를 저었다. 선배가 같이 있으면 든든하겠지만, 그러면 원장님과 편하게 이야기를 나누지 못할 것 같았다.

"선배가 남으면 영린이 혼자 가야 하잖아요."

선배는 거기까지는 미처 생각 못 했는지 멈칫하더니 뒤를 돌아보았다. 휴게실 앞에서 영린이 우리를 기다리고 있었다. 선배라면 영린과 단둘이서 식물 이야기를 할 기회를 놓치고 싶지 않을 것이다.

망설이던 선배가 이윽고 고개를 끄덕였다.

"요즘 이상한 일이 많았으니까 조심해. 돌아가는 길에 네가 여기 있다고 정하에게 알려 줄게."

휴게실로 함께 돌아가면서 선배가 목소리를 낮추고 말했다.

지호 아저씨는 내가 원장님을 만나려고 남는다는 말에 놀라는 눈치였다. 그렇지만 집에 가라고 억지로 강요하시는 않았다.

"원장님이 여기 있지?"

영린과 수린 선배를 배웅한 뒤, 지호 아저씨에게 물었다. 아저씨는 곤란한 얼굴을 했다.

"조금 전에 창고 쪽으로 가는 거 봤어."

그러자 아저씨가 작은 소리로 웃었다.

"워낙 덩치가 커서 숨기가 쉽지 않았나 보네."

아저씨가 예의 그 능글능글한 얼굴로 기다리라고 말하더니 창고 쪽으로 걸어갔다. 잠시 후, 아저씨는 혼자 창고에서 나왔다.

"지금은 바쁘대."

아저씨가 나중에 다시 찾아와야 할 것 같다고 말했다.

거짓말 같았다. 지금까지 원장님은 아무리 바빠도 다음에 오라는 말을 한 적이 없다. 서운한 마음에 굳게 닫힌 창고 문을 바라보았다.

"나 때문에 그런 사건이 벌어져서 미안해서 그런 것 같아."

침울하게 창고 쪽을 바라보는 내게 아저씨가 말했다.

할머니가 다친 일로 미안해서 나타나지 않는다니, 원장님도 참

소심하다. 정작 할머니는 그 일을 까맣게 잊어버린 것처럼 보이는데 말이다.

창고로 가서 원장님에게 그 사실을 말해 주고 싶은 마음을 꾹 참았다. 나도 어디로 숨고 싶을 때 할머니가 방문을 벌컥 열고 들어오는 걸 제일 싫어하니까.

"아이스크림이 있는데 먹을래?"

아저씨는 나를 달래 주고 싶은 듯했다. 고개를 끄덕이자 아저씨가 휴게실에서 기다리라 하고는 창고 가까이에 있는 냉장고 쪽으로 갔다.

잠시 뒤에 아저씨가 아이스크림을 가져왔다. 맛이 전혀 없을 것처럼 보이는 녹색이었다. 원장님이 이런저런 식물을 섞어서 만든 아이스크림이 분명했다. 새로 만들었다면서 원장님이 내주던 녹색 아이스크림은 별로 맛이 없어도, 아이스크림을 먹으며 원장님과 잡담을 나누면 즐거웠다. 오늘도 그랬으면 좋았을 텐데. 아이스크림은 평소보다 더 맛이 없었다.

"아저씨는 약탈자들을 직접 봤어?"

아저씨는 당연하다는 듯이 고개를 끄덕였다.

"어떻게 생겼어?"

나는 그 약탈자들이 어떻게 생겼을지 정말 궁금했다. 아저씨는 대답하기 전에 소리 내어 웃었다.

"나처럼!"

두 팔을 벌리면서 웃는 아저씨 얼굴이 두 배는 더 능글맞아 보였다.

"평범하게 생겼어. 그냥 봐서는 약탈자인 줄 몰라."

보통 사람들처럼 평범하게 생겼다는 말이 오히려 더 무섭게 느껴졌다. 그러면 약탈자를 만나도 알아볼 수가 없다는 뜻이나 마찬가지다. 그제야 아저씨가 왜 식물 병원에 숨어 있으려고 했는지 이해됐다. 길에서 마주치는 사람이 아저씨를 쫓아온 약탈자일 수도 있으니까.

"우현이랑 청소년 활동가로 씨앗 도서관을 도와준다며?"

문득 생각난 것처럼 아저씨가 물었다.

아저씨는 식물 병원에 숨어 지내는 동안 우현이를 자주 만나서 이야기를 나눈 것 같았다. 그러니까 우현이도 연구원이 되고 싶다는 꿈이 생겼겠지.

"씨앗 도서관에서 하는 비밀 프로젝트를 돕는다며? 밤의 정원 프로젝트가 뭐야?"

우현이는 아저씨에게도 말해 주지 않은 모양이었다.

"나도 몰라요."

비밀 프로젝트는 청소년 활동가에게도 비밀이라고 덧붙였다. 아저씨는 못내 아쉽다는 표정을 지었다. 영린은 아저씨가 공동체 임시 회의에서 경험담을 들려주면 씨앗 도서관의 여러 가지 일을 공유하겠다고 약속했다. 어쩌면 밤의 정원 프로젝트의 비밀도 알려 줄지 모른다. 그러면 나보다 아저씨가 먼저 비밀 프로젝트가 뭔지 알게 된다. 만약 그렇게 되면 나한테도 알려 달라고 아저씨에게 말했다. 아저씨는 "그래." 하고 능청스레 웃었다. 자기도 망토를 걸치고 마법사처럼 밤길을 걸어 보고 싶다면서.

19

우현이를 만나지 못한 채로 주말이 지나갔다. 미안한 마음을 담은 메시지를 남겨 놓았는데 우현이는 답이 없었다. 화가 난 우현이에게 절교당한 것은 아닐까 초조해져서 자꾸 메시지 창을 확인했다.

— 곧 화가 풀릴 거야.

텔런이 나를 달래 주려고 애썼다. 화해하려면 어떻게 해야 하는지 조언을 구하고 싶은데 텔런은 요즘 너무 바빴다. 대체 무슨 일을 하느냐고 물어도 지역을 위한 일이라는 대답만 남기고 이내 사라져 버렸다. 그러면서도 내가 태블릿에 자신을 복제해 두었다는 비밀을 잘 지키고 있는지 수시로 확인했다. 아주 지겨울 정도로. 그래서 수린 선배나 우현이에게만 살짝 말해 주려던 충동이 완전히 사라져 버렸다.

— 약탈자 때문에 해체된 지역에서 흩어진 사람들이 다른 지역 사회 공동체를 찾아가고 있대.

조금 한가해졌는지 텔런이 말을 걸어 왔다.

— 이동 경로를 보면 우리 지역은 멀어서 선택하지 않는 모양이야.

그래도 만약을 위해 도서관의 텔런이 경비대에 이 사실을 알렸다고 했다.

"대비라고 해 봤자 약탈자들이 지역에 들어왔을 때 놀라지 않는 정도 아니야?"

중요한 일처럼 들리지 않아서 물었다. 텔런은 약탈자 때문에 이동하는 지역 시민에게 잘 곳과 먹을 것을 제공하고 원하는 지역에 정착하게 돕는 것이 지역 사회 공동체 사이의 약속이라고 했다. 그래서 당장 그 사람들이 오면 약속한 것을 제공하고 도울 수 있는 준비가 필요하다고 했다.

"그분들이 오면 다른 지역에서는 농장을 어떻게 운영하는지 들을 수 있겠네."

텔런이 한 말을 전하자 수린 선배는 지역 사회 공동체가 해체되었다는 끔찍한 사실보다 농장 운영에 더 관심을 보였다. 영린과 둘이 집으로 돌아간 날부터 선배는 작물 재배나 식물에 부쩍 더 열중했다. 문득 수린 선배가 나중에 씨앗 도서관 관장이 된다면 꽤 잘 어울리겠다는 생각이 들었다. 선배는 영재니까 토지 경작을 할 수 있는 방법을 찾아낼 것만 같았다.

"참, 과제 식물 검사일이 얼마 안 남았지?"

갑자기 선배가 묻는 바람에 나도 모르게 움찔했다.

"표정이 왜 그래?"

선배는 혹시 또 죽였느냐며 눈을 게슴츠레 떴다.

"설마요. 잘 크고 있어요!"

사실대로 말하면 선배에게 혼날 것 같아서 거짓말을 했다. 선배는 다행이라는 듯이 고개를 끄덕였다.

"그러고 보니 우현이가 네 과제 식물 살펴보러 와서 가끔 마주치곤 했는데, 요즘은 통 못 만났네."

뜻밖의 말에 놀라서 선배를 바라보았다.

"몰랐어?"

내 표정을 본 선배가 픽 웃었다.

머릿속이 멍해졌다. 우현이가 그렇게까지 걱정해 주었는데 나는 화를 내고 말았다. 미안해서 눈물이 핑 돌았다. 우현이는 여전히 메시지를 확인하지 않고 있다. 어떻게 해야 다시 예전처럼 지낼 수 있을까? 갑갑함에 가슴이 죄어 왔다.

창고 안에 숨어서 밖으로 나오지 못한 원장님도 지금 나와 같은 마음이었을까? 미안해서 어쩔 줄 모르겠는데, 예전처럼 돌아갈 방법도 모르겠고 다가갈 용기도 없는 마음 말이다.

집으로 돌아온 나는 저녁을 먹으러 잠시 집에 들른 할머니에게 원장님 이야기를 꺼냈다. 원장님이 미안해서 창고에 숨어 버렸다는 이야기를 듣고 할머니는 어이없다는 표정을 지었다.

"소심하기 짝이 없는 사람이네."

그러면서 양심은 있는 모양이라고 덧붙였다.

"원장님이 큰 잘못을 했잖아. 그런데도 용서하고 예전처럼 돌아갈 수 있어?"

할머니 마음이 궁금해져서 물었다. 할머니는 잠시 생각하더니 원장님이 진심으로 사과했기 때문에 벌써 용서했다고 했다. 그리고 원장님이 예전처럼 대한다면 당연히 좋은 사이로 잘 지낼 수 있다고 단호하게 말했다.

"어른들의 화해는 참 쉽네."

나도 모르게 중얼거렸다. 우현이와 나도 그럴 수 있으면 좋을 텐데.

"쉽지 않아."

침울해진 내게 갑자기 할머니가 말했다.

"어른들도 서로 화해하기가 얼마나 어려운데."

할머니는 나이를 먹으면서 너무 많이 싸우고 화해해 봤기 때문에 서로에게 조금 너그러워질 수 있는 것뿐이라고 했다. 무슨 뜻인지 쉽사리 이해할 수 없었다. 그렇지만 언젠가는 나도 그런 어른이 되면 좋겠다.

저녁 식사를 끝낸 할머니는 오늘도 밤늦게까지 할 일이 있다며 서둘러 농장으로 가 버렸다. 나는 경비대에서 내 상황을 확인할 수 있게 돌보미 시스템을 켰다. 우현이는 여전히 내 메시지를 읽지 않은 상태였다. 상심해서 침대에 누웠다가 나도 모르게 깜빡 잠들었다.

문이 열리는 소리에 깨어났을 때는 벌써 새벽이었다. 할머니가 돌아왔을 시간은 한참 지났다. 낯선 사람이 들어왔을까 봐 무서워서 살짝 텔런을 불렀다.

"텔런, 누가 온 것 같아."

잠잠하던 텔런은 급한 내 목소리를 듣고 바로 나타났다.

— 괜찮아. 경비대가 함께 왔어.

텔런은 이렇게 말하고 다시 조용해졌다. 텔런이 제일 활발하게 일하는 시간대는 새벽이다. 다른 때였으면 나타나지 않았을 텐데 시간대가 이르고 내 목소리가 급해서 대답해 준 것 같았다.

텔런의 말에 겨우 마음을 가다듬을 수 있었다. 나는 침대에서 내려와서 문으로 다가갔다. 새벽에 경비대가 오다니 무슨 일인지 몹시 궁금했다. 문에 귀를 가져다 대자 익숙한 목소리가 들려왔다. 할머니와 해나였다. 그리고 낯선 목소리도 들렸다. 여러 사람이 온 것 같았다.

나는 문을 열고 누가 있는지 살펴보았다. 현관의 약한 불빛 아래에 내게 등을 보이고 선 사람은 할머니였다. 잠옷 차림의 할머니 앞에는 해나와 다른 경비대원이 있었다. 그런데 세 사람 외에

한 사람이 더 있는 것 같았다.

할머니에게 가려서 잘 보이지 않았지만, 해나와 경비대원 사이에 분명 누가 끼어 있었다. 할머니는 해나와 두런두런 목소리를 낮춰 이야기하다가 들어오라는 듯이 몸을 옆으로 비켰다. 그러자 해나와 경비대원 사이에 있는 사람의 얼굴이 보였다. 처음 보는 아저씨였다.

그 아저씨의 양팔을 해나와 경비대원이 붙들고 있었다. 두 사람은 아저씨를 부축하면서 집 안으로 들어왔다. 그러자 엄청나게 이상한 냄새가 코로 밀려들었다. 당장이라도 토할 것 같아서 입으로 숨을 쉬었다. 아저씨가 가까워질수록 냄새는 점점 더 심해졌다. 이윽고 해골처럼 보이는 아저씨의 얼굴이 희미한 빛을 받아 드러났다. 퀭한 눈이 무서워서 비명을 지를 뻔했다.

입을 틀어막은 나를 해나가 발견했다. 손가락을 입술에 갖다 대는 해나의 눈동자가 흔들렸다.

"이언이 깼어."

해나가 할머니에게 말했다. 할머니는 나를 보더니 가까이 오라고 손짓했다. 나는 곧 쓰러질 것 같은 아저씨를 피해서 할머니에게로 달려갔다.

"이언은 방에 들어가 있는 편이 낫지 않아?"

해나가 낯선 아저씨를 거실 소파에 앉히면서 할머니에게 물었다. 할머니는 단호하게 고개를 저었다.

"이언도 우리 지역 시민이야. 훌륭한 시민으로 자라려면 이런 경험도 필요해."

품에 안긴 내 등을 쓰다듬으며 할머니가 말했다. 해나는 알겠다는 눈짓을 하고 아저씨에게서 몸을 뗐다. 할머니는 안심하라는 듯 내 등을 토닥여 주고 주방으로 가서 엊저녁에 남은 밥을 가져왔다.

"오래 굶은 사람이 갑자기 많은 음식을 먹는 건 좋지 않아."

해나가 할머니에게 말하면서 밥을 절반 넘게 덜어 냈다. 아저씨는 무표정한 얼굴로 음식을 조금 맛보더니, 허겁지겁 먹기 시작했다. 우리는 아저씨가 정신없이 음식을 먹어 치우는 모습을 멍하니 바라보았다. 너무 급하게 먹었는지 아저씨는 사레가 들려 쿨럭쿨럭 기침을 했다. 할머니는 물을 가져오겠다며 주방으로 달려갔다.

"이 아저씨는 누구야?"

그 틈을 타서 해나에게 물었다.

"길을 헤매고 있었다는데, 우리 지역으로 들어오는 버스 기사가 발견했어."

해나는 운이 좋았다고 중얼거렸다. 우리 지역으로 오는 지역간 버스는 일주일에 한 대밖에 없다. 버스가 다니지 않는 다른 길로 갔다면 이 아저씨는 시체가 되고 말았을 거라고 했다.

"그런데 왜 길을 헤매고 있었어?"

아저씨에게 들리지 않게 목소리를 낮췄다.

"원래 살던 지역에서 나온 뒤에 길을 잃었대."

해나도 나처럼 작은 소리로 대답해 주었다.

"어느 지역 사회 공동체에서 살던 사람인데?"

궁금해져서 또 물었다.

그때, 음식을 다 먹어 치운 아저씨가 한숨을 크게 내쉬더니 두 손에 얼굴을 파묻고 흐느꼈다. 어른이 소리 내어 우는 모습은 처음 보았다. 나는 깜짝 놀라서 해나를 바라보았다. 해나는 난감한 표정으로 할머니를 바라보았다.

"무서운 일은 지나갔으니까 걱정하지 마."

할머니가 아저씨에게 물컵을 건네면서 말했다. 평소 할머니에게서 듣기 힘든 단호하면서도 부드러운 목소리였다.

무서운 일이 무얼까?

냄새 때문에 여전히 입으로 숨을 쉬며 할머니와 해나를 번갈아 보았다.

"약탈자 때문에 해체된 지역 사회 공동체 시민이야. 가까운 지역으로 가려다가 방향을 잃고 여기까지 오게 됐대."

해나가 말했다.

나는 텔런에게 들은 이야기를 떠올렸다. 텔런은 최근에 약탈이 벌어진 지역은 멀리 떨어진 곳이어서, 흩어진 시민이 우리 지역으로 오지는 않을 거라고 했다. 본래 가려던 곳으로 가지 못하고 여기까지 오게 된 아저씨가 불쌍해졌다.

욕실에서 물소리와 함께 아저씨가 엉엉 우는 소리가 들렸다. 그 소리는 잠시 뒤에 흐느낌으로 변했다. 지역을 떠나기 전에 아저씨에게 무슨 일이 있었던 걸까. 흐느끼는 소리가 하도 슬퍼서 내 기분까지 가라앉았다.

다행히 흐느끼는 소리가 그치고 욕실 문 열리는 소리가 들렸다. 아저씨는 경비대원 아저씨가 가져다준 옷으로 갈아입고 나왔다. 그제야 나는 마음이 놓였다.

“지하실은 준비되어 있어요?”

해나가 할머니에게 물었다.

무슨 말인가 해서 해나와 할머니를 번갈아 바라보았다. 우리 집 지하실은 오랫동안 쓴 적이 없다. 그런데 할머니가 고개를 끄덕였다.

“아저씨가 당분간 우리 지하실에 머무를 거야.”

할머니가 나를 보면서 말했다.

“지하실은 더럽잖아.”

차라리 남는 방을 쓰게 하는 편이 좋을 것 같았다. 그러나 할머니는 아저씨가 사람들 눈에 띄기 싫어한다고 했다. 마음이 진정될 때까지 사람들을 피해서 혼자 지낼 만한 곳으로는 우리 집 지하실이 가장 적당하다고 했다.

식물 병원에 숨어 지내는 지호 아저씨가 떠올랐다. 약탈자와 마주치는 경험을 하면 사람을 피하게 되나 보다. 두 사람은 서로를 잘 이해하겠지. 이 아저씨가 마음을 추스르면 지호 아저씨를 소개해 주고 싶어졌다. 그러면 두 사람 모두 조금은 덜 슬프고 덜 외로울 테니까.

"지낼 곳을 보여 줄게."

할머니가 눈이 퉁퉁 부은 아저씨에게 말하면서 앞장섰다. 나는 세 사람을 따라 지하실로 이어지는 계단을 내려갔다. 할머니는 열쇠로 자물쇠를 따고 들어가서 불을 켰다.

예상보다 지하실이 깨끗했다. 조금 퀴퀴한 냄새가 나긴 했지만, 내가 본 적이 없는 깔끔한 침구와 작은 탁자도 있었다. 지하실에는 아주 오랜만에 내려온 터라 휘휘 둘러보다가 한쪽 구석에 쌓인 자루를 발견했다. 쿡쿡 찔러 보니 손가락 끝에 작고 딱딱한 알맹이가 느껴졌다.

"이건 뭐야?"

아저씨한테 지하실을 설명하고 있는 할머니에게 물었다.

"농장에서 가져온 식량."

할머니가 건성으로 대답했다.

식량으로 쓰는 작물은 늘 창고에 보관한다. 지하실에 이렇게 많은 식량이 있다는 사실이 이상했다.

"협동 농장에서 나눠 준 거야."

내가 의아해하자 해나가 설명해 주었다. 최근에 약탈자들이 활동하는 범위가 우리 지역에 가까워지고 있어서 만약을 대비해 식량을 비축하게 했다고 한다. 약탈자들은 농장의 작물에만 관심을 두니까 이렇게 식량을 분산해 두면 약탈자가 왔다 가도 얼마간은 식량을 걱정하지 않아도 된다고 했다. 어른들이 단단히 대비하고 있는 것 같아 안심이었다.

"위로 올라오고 싶을 때는 언제든 올라와."

지하실에서 나오기 전에 할머니가 아저씨 어깨를 살짝 두드리며 말했다. 아저씨는 또 울음을 터뜨릴 것만 같은 표정이 되었다. 어쩌면 밤새 혼자 흐느낄지도 모른다. 아저씨가 얼른 안정을 찾으면 좋겠다.

20

아저씨는 지하실에 틀어박혀 나오지 않았다. 신경이 쓰여서 살금살금 계단을 내려가 문에 귀를 대 보았다. 문 너머에서는 아무 소리도 들리지 않았다. 할머니는 아저씨가 죽었을지 모른다고 걱정하는 내게 괜찮을 거라고 했다.

"혼자 있을 시간이 필요할 거야."

할머니는 이렇게 말하면서 아저씨가 스스로 나올 때까지 기다리라고 했다.

할머니 말처럼 아저씨는 하루가 더 지난 후에 지하실에서 나왔다. 학교에서 돌아오니 아저씨가 거실에 있었다. 바짝 마른 얼굴이 여전히 해골 같아서 안타까웠지만, 처음 만났을 때보다는 기분이 나아 보였다.

"이렇게 말라 보기는 처음이야."

아저씨가 거울을 들여다보며 인상을 썼다. 그러고는 헤어진 지역 사람들이 자기를 다시 만나면 알아보지 못할 것 같다며 씁쓸히 웃었다.

"가족은 없어?"

아저씨 기분이 괜찮아진 듯해서 궁금했던 것을 물었다가 곧 후회했다. 아저씨 표정이 다시 어두워졌기 때문이다.

"도망치다가 남편과 헤어졌어. 아마 남편은 우리 형을 찾아갔을 거야."

형네 집으로 찾아가면 다시 만날 수 있을 거라고 말하는 동안에는 아저씨 표정이 살짝 밝아졌다.

오늘도 할머니가 늦게 귀가할 예정이기 때문에 나는 아저씨와 오래 이야기를 나눌 수 있었다. 아저씨 이름은 '웨이'인데, 작년에 지역 학교 교사가 되었다고 했다. 그전에는 협동 농장 일을 거들며 지낸 것 같았다. 웨이 아저씨는 할머니가 우리 지역 협동 농장 책임자라는 말을 듣더니 수상하리만치 눈을 빛내며 묻고 싶은 것이 많다고 했다.

"우리 지역 농장에서는 사과도 재배했어."

웨이 아저씨가 자랑스럽게 말했다.

사과를 재배했다면 지호 아저씨와 같은 지역 시민일 수도 있다. 그런데 아쉽게도 그 지역 이름이 기억나지 않았다. 그래서 같은 지역에서 온 연구원이 근처에 있다고 말해 주려다가, 사실이 아니면 웨이 아저씨가 실망할까 봐 그만두었다.

"씨앗 도서관 관장님이 우리 지역에서도 사과를 재배하고 싶어 해."

영린이 웨이 아저씨를 만나고 싶어 할 것 같아서 말을 꺼냈다. 아저씨는 협동 농장 일을 오래 도왔으니까 사과 재배 방법을 지호 아저씨보다 더 잘 알 듯했다. 그러나 아저씨는 당분간 아무도 만나고 싶지 않다고 했다.

"이 지역에도 약탈자가 이미 들어와 있을지 몰라."

웨이 아저씨가 굳은 얼굴로 말했다.

"무슨 말이야?"

"약탈자들은 갑자기 나타나지 않아."

아저씨가 한숨을 크게 내쉬고 말했다.

약탈자들은 어떤 지역을 습격하기 전에 사람을 몰래 보내서 그 지역을 충분히 조사한다고 했다. 그리고 그 사람은 그 지역에 오래 머물기 때문에 결코 약탈자로 의심받을 수 없다고 했다. 아저씨는 습격이 시작되고 나서야 약탈자가 바로 곁에 있었다는 사실을 알았다고 한다.

"약탈자들에 대비해서 밤마다 굳게 잠그던 농장 문을 그 사람이 열어 줬어."

아저씨가 끔찍하다는 표정으로 말했다.

오랫동안 머무르면서 지역 시민으로 활동한 그 사람은 약탈자들이 나타났을 때 협동 농장의 보안 담당이었다.

"철저하게 계획했던 거야."

이렇게 말하며 아저씨는 얼굴이 다시 어두워졌다. 그 얼굴을 보니 약탈자에 대해 더 묻고 싶은 마음이 싹 사라졌다.

이튿날, 아저씨는 전날보다 더 기운을 차린 모습으로 아침 일찍 지하실에서 나왔다. 할머니는 아저씨가 조금이나마 건강해진 모습을 보고 다행스러워하는 표정이었다. 그러나 아침 식사 중에 아저씨가 자꾸 이것저것 질문하며 말이 많아지자 짜증을 꾹 참는 눈치였다. 그러다 아저씨가 농장 일을 아는 체하자, 할머니는 폭발 직전의, 내가 익히 아는 표정이 되었다. 나는 급히 말을 돌렸다.

"우리 학교에 엄청 똑똑한 선배가 있는데, 사과 재배에 관심이 많아. 데려와도 될까?"

다행히 아저씨가 하던 말을 멈추었다. 쫓겨날 위기에서 벗어났다는 것을 아저씨는 전혀 모를 것이다.

웨이 아저씨는 곧 고개를 끄덕였다.

"어린애가 약탈자일 리는 없겠지."

이렇게 중얼대는 아저씨를 할머니가 미심쩍은 눈으로 바라보았다. 아무래도 할머니와 아저씨에게는 좀 더 많은 대화가 필요할 것 같다.

학교 수업을 마친 뒤에는 엄마를 보려고 수린 선배와 함께 통신국으로 갔다. 엄마는 웨이 아저씨가 집에서 지내고 있다는 말에 눈을 동그랗게 떴다. 할머니가 가족이 아닌 사람을 집에 들여서 놀란 것은 아니었다. 그 사실은 이미 해나에게서 들었다고 했으니까.

"지금까지 버티고 있다니 놀랍네. 할머니가 못 견디고 바로 쫓아낼 거라고 생각했거든."

나는 아슬아슬하게 버티고 있다며 아침에 본 할머니의 표정을 묘사해 주었다. 엄마는 손뼉까지 치면서 웃어 댔다. 할머니가 말 많은 사람을 얼마나 싫어하는지 아주 잘 알기 때문이었다.

"웨이 아저씨가 약탈자 얘기를 해 줬어."

아저씨와 나눈 이야기를 엄마에게 들려주었다.

"우리 지역에도 벌써 약탈자가 와 있을까?"

엄마는 내 질문에 바로 대답하지 못했다. 마치 수상한 사람을 모두 떠올려 보기라도 하는 것처럼 골똘히 생각하다가 한참 후에야 그렇진 않을 거라고 했다. 확신하는 목소리가 아니었다. 나를 안심시키려고 그렇게 말하는 것 같았다. 그렇다면 엄마가 의심하는 사람이 누구일지 궁금했다. 아마 나도 아는 사람이겠지.

웨이 아저씨 이야기를 듣고 의심되는 사람을 떠올려 보긴 했다. 처음엔 전혀 의심스럽지 않던 사람도 깊이 생각하다 보면 점점 수상해졌다. 그런 식으로 생각하다 보면 모든 사람이 약탈자처럼 느껴져서 무서웠다.

웨이 아저씨의 말이 사람들에게 알려지면 다들 엄마나 나처럼 다른 사람들을 의심하게 될 것이다. 오랫동안 믿고 지낸 시민들 사이가 나빠지는 일이 일어나지 않기만을 바랐다.

"조만간 집으로 돌아가야겠어."

엄마가 걱정스러운 표정으로 말했다. 나는 내심 아주 기뻐서 깡충깡충 뛰고 싶을 정도였다.

"그래도 괜찮아?"

기쁜 마음을 숨기고 어른스러운 척 물었다. 엄마는 당연하다는 듯이 고개를 끄덕였다.

"네가 보고 싶어서 안 되겠어."

엄마가 너무 다정하게 말하는 바람에 하마터면 울 뻔했다.

나중에 돌아갈 날짜가 정해지면 알려 주겠다는 엄마의 말을 듣고 통화를 끝냈다. 밖에서 기다리고 있던 수린 선배는 살짝 충혈된 내 눈을 유심히 바라보면서도 왜 그런지는 묻지 않았다. 다만 엄마가 곧 돌아올 것 같다는 말에 슬그머니 웃기만 했다.

"혹시 지호 아저씨가 있었던 지역이 어디였는지 기억해요?"

선배와 함께 자전거를 끌고 집으로 가면서 물었다. 선배는 고개를 끄덕이더니 두 사람이 아마 같은 지역에서 왔을 것 같다고 했다. 최근 약탈이 벌어진 지역은 딱 한 군데였으니까. 선배와 나는 웨이 아저씨에게서 지역 이름을 확인하기로 했다.

수린 선배와 집에 도착했을 때, 웨이 아저씨는 지하실에 있는지 보이지 않았다. 잠시 선배를 기다리게 하고 지하로 내려가 문을 두드렸다.

"웨이, 선배를 데려왔어."

내 목소리를 듣고 아저씨가 밖으로 나왔다. 그런데 그사이 무슨 일이라도 있었는지 표정이 좋지 않았다.

"내가 여기 있다는 사실을 아는 사람이 또 있어?"

불안한 목소리로 아저씨가 물었다.

웨이 아저씨가 우리 집에 있다는 것을 아는 사람은 아저씨를 데려온 해나와 경비대원, 할머니와 나 그리고 이제 수린 선배까지 다섯 명뿐이다.

"정말이지?"

아저씨는 다시 확인하고서야 문을 닫고 거실로 올라갔다.

알고 보니 아저씨가 불안했던 이유는 오후에 해나가 다녀갔기 때문이었다. 아저씨는 해나가 지역에서 일어난 일을 시시콜콜 물어 대는 바람에 약탈자들이 습격했던 날이 기억나서 마음이 힘들어졌다고 했다.

"어느 지역이었어?"

아저씨의 말을 듣고 수린 선배가 물었다. 지역 이름을 듣자 선배는 그럴 줄 알았다는 듯이 고개를 끄덕였다.

"같은 지역에서 온 연구원이 식물 병원에서 지내고 있어."

선배 말을 들은 아저씨는 넋이 나간 것처럼 잠시 멍해졌다가 정신을 차렸다. 그러더니 지호 아저씨를 기억한다고 했다. 농장에 몇 번 다녀간 적이 있어서 서로 인사만 나눈 정도지만, 좋은 사람으로 기억했다. 그런데 어째서인지 아직 만나고 싶지 않은 듯했다. 혹시 지호 아저씨를 만나더라도 자기가 여기 있다는 사실은 비밀로 해 달라고 해서 그러겠다고 선배와 함께 약속했다.

"이제 사과 재배에 대해 물어봐도 돼?"

아저씨 일은 더 궁금하지 않다는 투로 선배가 물었다. 그제야 아저씨 얼굴이 밝아졌다. 웨이 아저씨는 다른 사람으로 변한 것처럼 쉴 새 없이 말을 쏟아 냈다. 사과 재배에 관해 말하다가 자꾸 곁가지로 흐르는 바람에 선배가 몇 번이나 주의를 주었다. 나중에는 선배 얼굴이 아침에 보았던 할머니의 표정과 비슷해지기까지 했다.

알고 싶은 정보를 모두 듣고 돌아가면서 선배는 웨이 아저씨가 너무 말이 많다며 진저리를 쳤다. 다시는 만나고 싶지 않다는 표정이었다.

"우리 학교 선생님이 아니어서 정말 다행이야."

웨이 아저씨가 담당했던 학생들이 불쌍하다고까지 했다.

선배는 집으로 가기 전에 선배는 씨앗 도서관에 들른다고 했다. 사과 재배와 관련해 웨이 아저씨에게서 들은 정보를 영린에게 얼른 전해 주고 싶어서였다.

"참, 우현이하고는 화해했어?"

자전거에 타려다 말고 선배가 툭 내뱉듯이 물었다. 아직도 우현이가 읽지 않은 메시지를 떠올리며 나는 고개를 저었다. 선배는 나를 한 번 바라보더니 말없이 자전거를 타고 떠났다.

울적해진 채 집에 들어와 손으로 턱을 괴고 탁자 앞에 앉았다. 그러자 웨이 아저씨가 걱정스러운 눈으로 바라보았다.

"선배랑 싸우기라도 했어?"

아저씨가 물었다.

"선배가 아니고……."

말을 하려다가 재미있다는 듯이 나를 보는 아저씨와 눈이 마주쳤다.

"누구랑 싸워서 그렇게 시무룩한 거야? 혹시 좋아하는……."

"아니야!"

왠지 짜증이 나서 버럭 소리 지르고 내 방으로 와 버렸다. 웨이 아저씨는 정말 쓸데없는 말이 많다.

21

우현이와 만나지 못한 지 꽤나 오래된 것 같다. 아침에 등교하다가 황무지가 보이는 곳에 자전거를 세우고 도서관원들 틈에 우현이가 있는지 찾아봐도 없었다. 씨앗 도서관에 들러도 일부러 나를 피하는지 보이지를 않았다. 가끔 싸우기는 했어도 우현이가 이렇게 오래 화를 풀지 않는 것은 처음이었다. 처음엔 미안하기만 했는데, 나도 조금씩 화가 났다. 메시지도 읽지 않고 피하기만 하다니 너무한다.

엄마에게 속상한 마음을 털어놓으려고 통화 약속을 잡았다. 엄마도 내 이야기를 듣고 놀란 것 같았다. 내가 잘못해도 항상 우현이가 먼저 사과했는데 이번엔 그럴 것 같지 않았다.

"마음이 풀릴 때까지 조금 더 기다려 봐."

우현이와는 오랫동안 절친한 사이였으니까 금방 화해할 거라고 엄마가 위로해 줬다. 정말 그랬으면 좋겠다.

"엄마는 언제 돌아와?"

"할머니가 비밀 프로젝트 끝나면 돌아오래."

엄마가 조금 난감한 표정으로 말했다. 엄마는 비밀 프로젝트가 뭔지 여태껏 내게 말해 주지 않았다. 그런데 할머니에게는 말했다니 배신감이 들었다.

"왜 나한테는 비밀 프로젝트가 뭔지 말해 주지 않아?"

나도 모르게 퉁명스러워진 말투로 물었다.

"네가 어떻게 받아들일지 몰라서."

엄마가 당황하며 말했다. 도대체 무슨 프로젝트이기에 나를 그토록 신경 쓰는 걸까.

엄마는 통화를 더 하고 싶은 눈치였지만, 나는 기분이 상해서 서둘러 통화를 끝내 버렸다.

그런데 통화실에서 나와 보니 평소 조용하기만 하던 통신국이 사람들로 북적였다. 경비대원들과 어른들이 삼삼오오 모여서 심각하게 대화하고 있었다.

"무슨 일 생겼어?"

마침 웨이 아저씨를 우리 집에 데려왔던 경비대원 아저씨가 보여서 물었다.

"별일 아니야."

경비대원 아저씨는 자상하게 대답하고는 혹시 집에 데려다주길 바라는지 물었다. 뜬금없는 질문이었다. 경비대원이 일부러 집까지 데려다주는 일은 없다. 무슨 일이 생긴 게 분명했다.

"저분들은 누구야?"

나는 집까지 혼자 갈 수 있다고 대답한 뒤, 여기저기 모여 있는 어른들을 가리키며 물었다.

"지역 사회 공동체 대표 위원들이야."

경비대원 아저씨가 알려 주면서 집까지 조심해서 가라고 했다.

지역 사회 공동체 대표 위원들은 공동체에 중요한 일이 있을 때 모이는 어른들이다. 그런데 왜 통신국에 모여 있는지 도무지 알 수가 없었다.

집으로 가는 동안에도 여느 때와는 다른 분위기가 느껴졌다. 평소라면 황무지를 누비며 일하고 있을 전기 가축과 도서관원이 전혀 보이지 않았다. 게다가 집 밖으로 나와 있는 사람이 하나도 없었다.

집에 도착한 나는 인사를 건네는 웨이 아저씨를 본체만체하고 허겁지겁 내 방으로 뛰어 올라갔다. 텔런이라면 무슨 일이 생겼는지 알고 있을 터였다.

텔런은 내가 다급히 부르는데도 금방 나타나지 않았다. 마지못한 듯이 나타난 후에도 무슨 일이 일어났느냐는 내 질문에 곧바로 대답하지 않았다. 아니, 그러지 '못'했다. 텔런은 도서관 서버의 텔런이 계속 정보를 전송하고 있다면서, 그 정보를 다 받을 때까지 기다리라고 했다.

— 약탈자의 습격을 받은 지역이 또 늘었어.

통신을 끝낸 텔런이 말했다.

— 도서관에 있는 텔런의 분석에 따르면 이젠 우리 지역도 안전하지 않아.

그 말을 듣는 순간 몸에서 힘이 빠져 털썩 침대에 주저앉았다.

— 괜찮아, 이언. 우리는 막아 낼 수 있을 거야.

텔런은 그런 말을 남기고 사라져 버렸다. 우리 지역에 약탈자가 들어올 수 있다고? 우두커니 침대에 앉아 있다가 거실로 내려갔다.

"이언, 표정이 왜 그래?"

웨이 아저씨가 이상하다는 듯이 물었다.

"우리 지역에 약탈자가 올지 모른대요."

불쑥 말하고는 무서워서 울어 버렸다. 웨이 아저씨는 나보다 더 정신이 나간 얼굴로 어쩔 줄 몰라 했다. 자세히 말해 보라는 아저씨에게 약탈자의 습격을 받은 지역이 또 늘었다고 텔런에게 들은 대로 말해 주었다.

"텔런의 분석은 틀리지 않아."

아저씨가 넋이 나간 얼굴로 중얼거렸다.

"우리 지역이 약탈자에게 당하기 전에도 텔런이 경고했었어."

또 그들과 마주치면 어떻게 해야 할지 모르겠다며 아저씨는 멍하니 앉아 있다가 지하실로 내려가 문을 걸어 잠갔다. 거실에 혼자 남은 나도 무서워서 얼른 방으로 다시 올라가 이불을 뒤집어썼다. 오늘은 할머니가 일찍 돌아와서 그나마 다행이었다.

할머니는 집에 도착하자마자 내 방으로 올라와 문을 두드렸다. 나는 비로소 마음이 놓여 할머니를 와락 끌어안았다.

"약탈자가 올지 모른대."

할머니 품속에서 조그맣게 말했다. 할머니는 안심하라는 듯이 내 등을 쓰다듬었다.

"겁먹을 필요 없어, 이언. 어른들이 잘 대비하고 있으니까."

할머니가 힘주어 말했다.

할머니 말마따나, 인근 지역에 약탈자가 들이닥쳤다는 소식이 알려진 뒤로 여기저기 경비대원들이 자주 보였다. 웨이 아저씨를 만나러 집에 들른 해나는 외부에서 들어오는 낯선 사람들은 이전보다 훨씬 엄격히 조사하고 있다고 했다. 웨이 아저씨 말처럼 약탈자가 숨어드는 것을 막기 위해서였다.

해나는 식물 병원에 있는 지호 아저씨와 웨이 아저씨 사이를 오가면서 꾸준히 정보를 모으고 확인하는 것 같았다. 도서관에 있는 텔런이 해나를 도와서 약탈자에게 대비하는 방법을 계속 찾아내고 있었다.

씨앗 도서관에서 지호 아저씨를 만났는데, 웨이 아저씨만큼 무서워하는 것 같진 않았다. 그렇지만 얼굴에서 능글맞은 표정이 사라지고 초조함이 가득했다.

"약탈자들은 농장에만 관심이 있어. 사람들을 마구 해치진 않을 거야."

지호 아저씨는 혹시라도 약탈자들이 들이닥치면 집에 숨어서 그들이 떠날 때까지 기다리라고 몇 번이나 당부했다. 겁먹고 도망치다가 약탈자들에게 당할 수 있다면서 말이다.

"사람들을 해치는 무기를 갖고 있는 거야?"

아저씨의 말에 수린 선배가 날카롭게 물었다. 그러자 아저씨는 능글맞은 표정이 되더니 끔찍한 무기를 잔뜩 갖고 있다고 목소리를 낮춰 말했다. 겁주려고 하는 말 같았다. 그것을 눈치챈 선배가 아저씨를 노려봤다. 아저씨는 그제야 헛기침을 하며 약탈자들이 총을 가진 것을 봤다고 했다.

수린 선배와 나는 그 말을 듣자마자 몸이 굳어 버렸다. 총은 오래전에 금지된 무기다. 모든 지역 사회 공동체에서 무기는 허용되지 않는다. 특히나 원거리에서 생명을 해칠 수 있는 무기는 만들어서도 안 된다. 지호 아저씨 말대로 약탈자들이 총을 만들어서 갖고 있다면, 대비할 방도가 없었다. 경비대조차 약탈자와 싸우지 못한다. 도망치는 것, 그것만이 모든 시민이 살아남을 수 있는 유일한 방법이었다.

약탈자가 들이닥치면 시민들이 안전하게 도망칠 수 있도록 텔런은 미리 사이렌을 울리기로 했다. 시민들이 익숙해지게끔 텔런은 매일 정해진 시각에 1분 동안 사이렌을 울렸다. 수업 중에 사이렌이 울리면 선생님은 수업을 중단했다.

분위기가 어수선해서인지 텔런이 사이렌을 울리기 시작한 뒤로 밖에 나다니는 사람들이 줄었다. 방과 후에 집으로 돌아올 때면 여기저기 보이던 사람들이 요즘은 전혀 보이지 않았다. 날마다 야근하던 할머니도 이제는 일찍 돌아왔다. 해야 할 일이 끝나서라고 했지만, 나를 걱정해서 그런 것 같기도 했다.

웨이 아저씨는 겁에 질려서 지하실 밖으로 아예 나오지를 않았다. 원래 말한 대로 지호 아저씨와 만날 약속을 잡으려 했지만 밖으로 나가고 싶지 않다고 했다. 임시 회의가 열리는 날이나 돼야 두 사람이 만날 수 있을 것 같았다.

임시 회의를 이틀 앞둔 날에는 약탈자의 습격을 대비한 훈련에 지역 전체가 참여했다. 훈련에서 제일 중요시한 점은 안전하게 대피하는 방법을 익히는 거였다. 학교에서는 집에서 대피하는 방법을 알려 주었다.

약탈자가 습격해 오면 텔런이 사이렌을 울린다. 그러면 지하실이나 방으로 들어가서 문을 잠그고, 안전해진 것을 알리는 사이렌 소리가 짧게 세 번 울릴 때까지 밖으로 나와서는 안 된다. 평소에는 떠들거나 장난을 치던 아이들도 오늘만큼은 진지한 태도로 선생님의 설명을 들었다.

선생님의 설명이 끝나고 조금 기다리자 멀리서 훈련용 사이렌 소리가 들렸다. 선생님은 침착한 목소리로 자리에 가만히 앉아 대기하라고 했다. 학교에 있는 동안 약탈자의 습격이 시작되면 그들이 떠날 때까지 기다려야만 했다.

"약탈자들은 나쁜 사람들이지만 학교를 습격한 적은 없어요."

선생님이 차분하게 설명했다.

약탈자들은 학교에서 키우는 작물을 가져간 일은 있어도, 교실까지 들어온 적은 없었다. 오히려 무섭다고 집으로 가던 학생들이 도중에 약탈자를 만나 다친 경우가 많았다. 그러니까 약탈자가 떠난 것이 확인될 때까지 우리는 학교에서 기다리는 편이 안전했다.

잠시 후, 훈련이 끝났다고 알리는 사이렌 소리가 짧게 세 번 들렸다. 교실 곳곳에서 참았던 숨을 내쉬는 소리가 들렸다. 선생님은 어른들이 잘 대비하고 있으니 너무 겁먹지 말라고 다독이면서 수업을 끝냈다.

"약탈자들이 진짜로 올까요?"

방과 후에 씨앗 도서관으로 함께 가면서 선배에게 물었다.

"텔런의 분석은 거의 정확하니까 아마 그렇겠지."

그러면서도 선배는 약탈자들이 이동하는 경로 패턴이 언제든 바뀔 수 있다고 했다. 그렇게 되면 약탈자들이 우리 지역을 습격할 확률이 낮아진다. 선배는 그렇게 되기를 바라는 듯했다. 당연히 나도 그랬다.

수린 선배는 요즘 영린과 사과를 재배해 보려고 애쓰고 있다. 얼마 전에 사과 씨에서 새싹이 돋아 그런지 기분이 좋아 보였다. 어쩌면 날마다 영린과 얼굴을 맞대고 함께 연구할 수 있어서 그런지도 모르겠다. 영린과 자주 만나서인지 얼굴이 붉어지는 경우도 많이 줄었다.

씨앗 도서관에는 지호 아저씨가 와 있었다. 한동안은 사람들 눈에 띄지 않으려고 어두워진 뒤에나 밖으로 나왔는데 이제는 전보다 자유롭게 도서관을 오갔다. 약탈자가 습격할지 모른다는 소식을 듣고 지하실에 숨어 버린 웨이 아저씨와는 정말 딴판이었다.

"원장님은 같이 안 왔어?"

지호 아저씨 주변을 두리번거리며 물었다. 원장님을 본 지 정말 오래됐다. 식물 병원으로 몇 번 찾아가 봤지만 한 번도 만나지 못했다. 지호 아저씨가 번번이 원장님은 볼일을 보러 나갔다고 핑계를 대는 바람에 창고 쪽을 바라보다가 돌아오는 수밖에 없었다. 원장님과 차를 마시며 이런저런 이야기를 나누던 시간이 그리웠다.

"영린에게 다녀올게."

수린 선배는 이 말을 남기고 관장실로 바삐 가 버렸다. 오늘은 밤의 정원 프로젝트가 있는 날인데도 도서관이 한적해 보였다.

"오늘은 밤의 정원 프로젝트를 안 할 거야."

지호 아저씨가 두리번거리는 내게 말했다. 지역 분위기가 어수선해서 영린이 당분간은 프로젝트를 중단한다고 선언했다는 이야기였다. 지호 아저씨는 딱 한 번 프로젝트에 참여했는데, 생각보다 시시했다며 실망한 투로 말했다. 그렇지만 프로젝트에서 어떤 일을 하는지는 말해 주지 않았다.

"사실은 나도 잘 몰라."

아저씨는 이렇게 말했는데, 진짜인지 아니면 비밀을 지키려고 그러는 것인지 알 수 없었다.

"어쩌면 약탈자가 벌써 우리 지역에 들어왔을지도 모른대."

나는 오늘 학교에서 훈련한 일을 지호 아저씨에게 들려주던 끝에 목소리를 낮춰 말했다. 아저씨는 찜찜한 얼굴이 되었다.

"해나가 그런 이야기까지 했어?"

아저씨가 인상을 찌푸렸다. 자기가 한 이야기를 해나가 나에게 전달했다고 여기는 것 같았다.

나는 주위를 둘러보다가 웨이 아저씨 이야기를 꺼냈다.

"우리 집 지하실에 숨어 있어. 완전 겁쟁이야."

같은 지역에서 탈출한 사람이 있다는 말에 지호 아저씨는 몹시 놀랐다. 나는 웨이 아저씨가 지호 아저씨를 기억한다고 말해 주었다. 그리고 모레 열리는 지역 사회 공동체 임시 회의에서 웨이 아저씨를 만날 수 있을 거라고 했다. 지호 아저씨는 웨이 아저씨가 길을 잃어서 우리 지역까지 간신히 올 수 있었다는 이야기를 듣고는 멍청하다며 혀를 찼다.

그때, 지호 아저씨 뒤로 다가오는 우현이가 보였다. 너무 뜻밖에 마주쳐서 놀랐는지 몸이 얼어붙어 버렸다. 시선을 떼지 못하고 가만히 있는 동안 우현이가 가까워졌다. 우현이는 아저씨에게 가린 나를 미처 보지 못하다가 발견하고는 깜짝 놀라며 몸을 돌렸다.

"우현아!"

도망치듯 재빨리 가 버리는 우현이를 따라가며 몇 번이나 불렀다. 우현이는 어쩔 수 없다는 듯 걸음을 멈추고 돌아보았다.

우현이를 만나면 하고 싶은 말이 많았다. 과제 식물에 대해 물어볼 때 괜히 화를 내서 미안하다고 사과하고, 예전처럼 잘 지내면 좋겠다는 말도 하고 싶었다. 그런데 막상 우현이와 마주하니 그런 말이 나오지 않았다. 반가운 한편으로 화가 났다.

"왜 내 메시지 안 읽었어?"

부드럽게 말하려고 했는데 부루퉁한 말투가 되고 말았다. 그러자 우현이도 다시 돌아서려 했다. 이대로 가게 놔두면 영영 화해하지 못할 수도 있다는 생각이 들었다.

"그날 과제 식물 때문에 화낸 거 아니야!"

나는 우현이를 향해 다급히 외쳤다. 우현이가 인상을 찡그리면서 무슨 말이냐는 듯이 나를 보았다. 그 얼굴을 보니 눈물이 나려고 했다.

"네가 떠난다고 했잖아."

우현이가 지금 당장 연구원이 돼서 영원히 내가 볼 수 없는 곳으로 떠나기라도 할 것처럼 눈물이 솟았다.

"무슨 소리야?"

우현이가 도무지 모르겠다는 얼굴로 물었다. 나는 두 손으로 눈가에 맺힌 눈물을 닦았다.

"네가 연구원이 되고 싶다고 했잖아. 연구원이 되면 지역을 떠나게 될 거고, 그러면 우리는 영영 못 만날 수도 있잖아!"

나는 두 눈을 크게 뜬 채로 할 말을 잃은 우현이를 뒤에 남겨두고 도망치듯 후다닥 달렸다. 우현이는 분명 나를 바보처럼 여길 거라고 생각하면서.

22

우현이를 만나면 미안하다고 사과하고 싶었는데 왜 그런 말을 해 버렸을까. 생각할수록 부끄러웠다. 집에 돌아와서 보니 전에 내가 보낸 메시지를 우현이가 읽은 흔적이 있었다. 그러나 답신은 없었다. 또다시 화를 낸 나에게 황당해하고 있을 듯했다. 이제 우현이와 화해할 기회는 영영 없을 것만 같았다.

집 안이 조용했다. 마치 시간이 멈춰 버린 느낌이었다. 웨이 아저씨는 지하실에 숨어서 나올 생각을 하지 않고, 할머니는 아직 농장에 있을 시간이었다. 침대에 웅크리고 있다가 한숨을 내쉬며 일어나 창밖을 내다보았다. 아직 밤이 되려면 멀었는데도 바깥엔 지나다니는 사람이 보이지 않았다. 황무지 위에서 열심히 움직이던 씨앗 도서관의 기계도 멈춰 있었다. 온 지역에 쓸쓸한 적막만이 가득했다. 언제쯤 평상시로 돌아갈 수 있을까.

— 곧 그럴 수 있을 거야.

내가 우울해하자 텔런이 위로해 주었다.

— 여러 지역 사회 공동체가 다시는 약탈이 일어나지 않게 하려고 힘을 합치고 있어.

텔런은 각 지역 경비대가 텔런을 통해서 계속 연락하고 있다고 했다. 경비대는 본래 자신의 지역만 지키는데, 최근에 약탈자의 습격이 잦아지면서 먼 곳까지 순찰하며 수상한 점이 없는지 살핀다고 했다.

— 이상한 낌새가 있으면 내가 곧장 사이렌을 울릴 거야.

내가 훈련을 잘 받았는지 확인하면서 텔런이 힘주어 말했다. 든든하기는 했지만 우울한 기분이 나아지지는 않았다. 혹시라도 우현이가 연락해 주기를 기대하면서 할머니가 돌아오는 늦은 시간까지 깨어 있었지만, 우현이한테서는 아무 연락이 없었다.

거의 잠을 자지 못한 채로 아침에 일어나니 머리가 지끈거렸다. 그렇지만 지역 사회 공동체 임시 회의가 열리는 날이어서 씨앗 도서관으로 준비하러 가야 했다. 일찌감치 집을 나서는 내게 할머니는 회의장에서 만나자는 말을 건넸다.

"어떻게든 웨이도 데려가 보마."

할머니가 지하실 쪽을 물끄러미 보다가 결심한 듯 말했다.

겁 많은 웨이 아저씨가 과연 회의장에 갈 수 있을지 모르겠다.

용기를 내어 회의장에 간다면 같은 지역에서 온 지호 아저씨와 이야기 나누면서 힘을 얻을 수도 있을 텐데. 그리고 식물 병원 원장님도 오늘은 꼭 회의에 참석해서 할머니를 만났으면 좋겠다는 생각이 들었다. 그러면 할머니가 그렇게 화가 나지 않았다는 걸 알게 될 테니까.

오늘도 거리는 조용했다. 그렇지만 임시 회의가 열리는 날이어서 그런지 어제보다는 활기가 도는 것도 같았다.

씨앗 도서관에 도착해 자전거를 세우는 동안 건물을 올려다보며 생각했다. 우현이도 여기 있을 텐데, 오늘 마주치게 될까? 마주치면 뭐라고 말을 걸어야 할까? 그런 생각을 하니 머리가 또 지끈거렸다.

수린 선배는 벌써 도착해 관장실에서 영린과 이야기하고 있었다. 둘은 여전히 사과 키우는 일로 바빠 보였다. 내가 관장실로 들어서자 두 사람이 돌아보았다. 우현이는 보이지 않았다.

"오늘 우현이 만났어?"

선배가 대뜸 물었다. 나는 만나지 못했다는 뜻으로 어깨를 으쓱했다.

"이상하네. 너를 기다리는 눈치던데."

선배가 알 수 없다는 듯이 중얼거렸다.

우현이가 나를 기다렸다고? 틈날 때마다 주변을 확인했지만, 회의 열릴 시간이 다 되어가도록 우현이는 나타나지 않았다. 나를 기다리기는커녕 피하는 게 확실했다.

회의장이 꽉 찬 후에도 사람들은 계속 모여들었다. 도서관원들은 회의장 외에 다른 장소를 두 군데 더 마련해서 방송으로 회의를 볼 수 있게 했다. 발언하고 싶을 때 이용할 수 있는 카메라도 각 장소 앞에 설치했다.

회의는 바깥이 조금씩 어두워질 무렵에 시작되었다. 회의 직전에 도착한 지호 아저씨는 사람들이 많아 부담스러운지 내게 슬쩍 아는 척만 하고 지나쳤다. 식물 병원 원장님은 같이 오지 않은 것 같았다.

마지막 안내를 도서관원들에게 맡기고 회의장으로 들어가면서 할머니가 왔는지 둘러보았다. 들어오는 모습을 보지 못해서 그냥 지나쳤나 했는데 아직 오지 않은 듯했다. 할머니는 시간 약속을 정확히 지키는 사람인데, 무슨 일이 생겼나 걱정이 되었다. 마침 회의장을 둘러보고 나가는 해나가 보이기에 우리 집에 들러 달라고 부탁했다.

"그러잖아도 여기 오기 전에 잠시 들렀어."

해나가 걱정할 필요 없다는 듯이 웃었다. 회의장에 오지 않겠다며 고집 부리는 웨이 아저씨를 할머니와 함께 설득하다가 먼저 왔다고 했다. 그제야 안심하고 수린 선배와 함께 회의장으로 들어갔다.

청소년 활동가들 자리는 왼쪽 앞자리였다. 출입구 네 개 중 하나가 바로 왼쪽에 있어서 드나들기 쉬운 자리였다. 회의 도중에 도와야 할 일이 생기면 쉽게 들락거리게 하려고 이 자리를 배정했다.

이윽고 영린이 앞으로 나오자 사람들이 조용해졌다.

"지금부터 지역 사회 공동체 임시 회의를 시작하겠습니다."

영린이 엄숙하게 선언했다. 그 뒤에 지역 사회 공동체 대표가 나와서 최근의 이런저런 문제와 그 해결 과정을 짧게 보고했다. 다음 순서는 곧 치러질 지역 사회 공동체 대표 선거 후보자 홍보였다. 모두 선거 포스터에서 읽은 이야기라 지루하기 짝이 없었다. 언제나 집중력이 좋은 수린 선배마저 지겨운지 딴짓을 하고 있었다. 나는 하품을 하며 고개를 돌리다가 수린 선배와 조금 떨어진 자리에 우현이가 앉아 있는 것을 깨달았다.

놀라서 바라보는 내 시선을 눈치챘는지 우현이가 고개를 돌리는 바람에 눈이 마주쳤다. 우현이는 멈칫하더니 내 시선을 피하고 손만 만지작거렸다. 나만큼 기분이 복잡해 보여서 심란했다. 회의가 끝난 다음 솔직하게 이야기할 기회가 오면 좋겠는데…….

"다음은 오늘 주제인 약탈자 대비와 관련해서 경비대장의 보고가 있겠습니다."

드디어 지루했던 후보자 홍보가 끝나고 영린이 또렷한 목소리로 다음 순서를 알렸다. 해나가 박수를 받으며 앞으로 나와 지금까지 텔런이 분석한 약탈자의 이동 경로를 화면으로 보여 주며 우리 지역이 안전하지 않다고 설명했다.

약탈자라는 말이 등장한 순간부터 회의장은 숨소리조차 들리지 않을 정도로 조용해졌다. 사람들은 한 마디도 놓치지 않겠다는 듯이 긴장해서 해나의 말에 집중했다.

"다행스러운 점은 약탈자들이 작물에만 관심이 있다는 겁니다. 시민을 해치는 경우는 보고되지 않았습니다. 일단 약탈자의 습격을 알리는 사이렌이 울리면 모두 집이나 학교 등 실내에 머물러야 합니다. 농장 근처에 있던 분들은 먼 곳으로 이동하기 바랍니다."

해나는 사이렌이 울린 직후에 텔런이 농장의 셔터를 내릴 거라고 했다. 그 말에 사람들이 웅성대는 소리가 들렸다. 우리 지역 농장에는 본래 셔터 장치가 없었기 때문이다. 해나는 최근에 텔런의 판단에 따라 셔터를 설치했다고 설명했다.

"지역마다 약탈 방식은 달랐지만, 최근 약탈자들에게 당한 지역에서 습격이 어떻게 시작됐는지 들어 보면 도움이 될 것 같아서 한 분을 초대했습니다."

해나가 지호 아저씨를 소개하는 동안 왼쪽 문이 열리더니 할머니 얼굴이 보였다. 할머니는 나와 마주치자 눈짓으로 아는 척을 하고는 뒤에 있는 사람을 앞으로 잡아당겼다. 잔뜩 인상을 찌푸린 웨이 아저씨였다. 할머니는 내키지 않아 하는 아저씨를 내 옆쪽에 비어 있는 자리로 밀어 넣었다. 아저씨가 마지못해 자리로 걸음을 옮기는 동안, 환영하는 박수가 터졌다.

"반갑습니다."

지호 아저씨가 이 자리에 오게 된 이유부터 말하기 시작했다. 나는 고개를 푹 숙인 웨이 아저씨의 옆구리를 쿡쿡 찔렀다.

"지호 아저씨가 말하고 있어."

내가 어서 보라는 듯이 앞을 가리켰다. 웨이 아저씨는 머뭇거리다가 고개를 들고 지호 아저씨 쪽으로 시선을 던졌다. 그런데 지호 아저씨를 본 아저씨의 표정이 이상했다. 처음에는 의아해하는 듯하다가 표정이 점점 굳더니 놀라는 표정으로 변했다. 왜 그러는지 물을 새도 없이 웨이 아저씨가 자리에서 벌떡 일어섰다. 그 모습을 본 지호 아저씨의 말이 느려지더니 멈췄다. 그리고 다음 순간, 아무도 예상치 못한 일이 벌어졌다.

"저 사람을 잡아! 약탈자가 보낸 선발대야!"

지호 아저씨가 마이크에 대고 큰 소리로 외쳤다. 그러자 경비대원들이 당황하며 일어섰다. 사람들이 술렁이면서 회의장이 어수선해졌다.

"거짓말이야!"

웨이 아저씨가 맞고함을 쳤다.

"저 사람은 연구원이 아니야. 약탈자가 보낸 선발대야! 내가 그날 약탈자와 함께 있는 저 사람을 봤어!"

놀란 사람들이 자리에서 일어서면서 회의장이 점점 소란스러워졌다. 앞자리에 있던 해나가 지호 아저씨에게서 마이크를 빼앗으려고 뛰어가는 모습이 보였다. 어느 쪽이 진실을 말하는지 알아내기도 전에 회의장의 소란을 뒤덮어 버리는 엄청난 소리가 울려 퍼졌다.

사이렌 소리였다. 텔런이 사이렌을 울리고 있었다.

회의장은 아수라장이 되었다. 훈련한 것을 모두 잊어버린 것처럼 어른들이 출구로 몰렸다. 사람들이 넘어지면서 내지르는 비명이 여기저기에서 들렸다. 할머니는 웨이 아저씨를 타고 넘어와서 나를 꽉 끌어안았다.

"다들 움직이지 마세요! 훈련했던 것을 기억하세요!"

해나의 목소리가 마이크를 타고 쩌렁쩌렁 울려 퍼졌다.

"도서관원들은 신속히 출구로 가서 다친 사람들부터 살펴요!"

해나가 마이크를 내팽개치고 사람들이 몰린 출구로 경비대원들을 분산해서 보냈다. 그러는 동안 사이렌 소리가 그쳤다.

"훈련할 때 울렸던 사이렌 소리보다 훨씬 짧아."

어느새 내 손을 꼭 잡고 있던 수린 선배가 불안한 얼굴로 회의장을 둘러보았다.

"웨이 아저씨가 안 보여."

조금 전까지만 해도 바로 곁에 있던 아저씨가 보이지 않았다.

"할머니도 안 보여."

우현이가 다가와 초조하게 주변을 둘러보더니 영린이 앉아 있던 오른편 끝자리로 달려갔다. 그 자리 옆에도 출구가 하나 있다. 자리에서 일어나 살펴보니 영린처럼 보이는 사람이 출구로 몰린 사람들을 헤치고 나가는 모습이 보였다. 발을 동동 구르는 동안 회의장은 조금씩 정리되었다.

경비대원들이 분주히 움직인 덕분에 부상자들은 사람이 적은 장소로 옮겨졌다. 응급 처치를 할 수 있는 사람들이 자원해서 그곳으로 급히 달려갔다. 사람들이 몰렸던 출구에서는 경비대원들이 출입을 통제했다. 사이렌이 진짜라면 우리는 모두 안전해질 때까지 실내에 머물러야 했다.

웨이 아저씨는 회의장 구석에 머리를 처박고 벌벌 떨고 있다가 경비대원에게 발견되어 끌려왔다. 할머니가 진짜 약탈자 선발대냐고 다그쳤지만, 웨이 아저씨는 정신이 나간 사람처럼 벌벌 떨면서 계속 헛소리만 해 댔다.

"저것도 연극일지 몰라."

할머니가 차갑게 말하면서 웨이 아저씨를 잘 감시하라고 경비대원에게 당부했다.

"그러면 지호 아저씨는 어디로 간 거지?"

두 사람 중 누가 거짓말을 했는지 혼란스러워하며 중얼거렸다. 내 말을 듣고 수린 선배가 지호 아저씨는 오른쪽 옆문으로 나가는 것 같았다고 했다. 그 출입문이라면 영린을 닮은 사람이 나간 곳이다. 어쩐지 불길한 생각이 들어 떨쳐 버리려고 고개를 흔들었다.

"사이렌이 멈출 때 텔런과 통신이 끊겼어."

해나가 할머니에게 다가와 소곤거렸다. 그 말을 들은 수린 선배와 나는 놀라서 서로 마주 보았다. 만약 약탈자들이 통신국을 파괴해서 텔런이 기능하지 못한다면 바깥에서 무슨 일이 일어나는지 알 도리가 없다.

"약탈자들이 텔런을 파괴한다는 건 이미 아는 사실이잖아. 대비책은 있는 거지?"

수린 선배가 해나에게 날카롭게 질문을 던졌다. 해나는 심각한 표정으로 입을 꾹 다물었다. 그러자 할머니가 절망스러운 목소리로 입을 열었다.

"대비책이 있었지. 그런데 어째서인지 약탈자들이 우리 예상보다 훨씬 일찍 텔런을 파괴한 거 같구나."

23

"안전한 것이 확실할 때까지는 아무도 못 나가요."

가족이 있는 집으로 돌아가겠다고 경비대원을 밀치며 화를 내는 어른들에게 해나가 무서운 얼굴로 말했다.

사람들은 안절부절못하고 자꾸 창가로 다가갔다가 경비대원의 주의를 받고 물러났다. 통신을 담당하는 텔런이 파괴되어 경비대끼리도 연락을 주고받을 수 없는 상황임을 할머니와 해나의 대화를 듣고서 알았다.

분명 조금까지 같이 있던 영린과 우현이가 보이지 않는 것도 걱정되었다. 수린 선배는 씨앗 도서관 안에 있을지 모른다며 해나에게 부탁해서 경비대원과 함께 도서관을 한 바퀴 둘러보고 돌아왔다. 두 사람을 데리고 오는 모습을 기대했는데 선배 혼자 돌아왔다.

"영린은 강한 사람이야. 별일 없을 거다."

영린을 걱정하는 수린 선배를 할머니가 안심시켰다. 그렇지만 할머니 얼굴에도 근심이 가득했다.

"시간이 꽤 오래 지났어요. 정찰대를 보내 볼까요?"

해나가 할머니 곁에 모여 있는 어른들과 의논하는 소리가 들렸다.

사람들의 의견은 일치하지 않았다. 정찰대를 보내자는 의견도 있고, 아직 위험하니까 조금 더 기다리는 편이 좋겠다는 의견도 있었다. 이야기가 길어질수록 의견은 정찰대를 보내는 쪽으로 기울었다. 가족을 집에 두고 와서 걱정하는 사람이 많아서였다. 해나가 정찰 나갈 경비대원을 정하고 있을 때, 밖에서 뭐가 튀는 듯한 큰 소리가 이어졌다.

"총소리야! 모두 엎드려!"

해나가 외치는 소리에 사람들이 놀라서 모두 바닥에 납작 엎드렸다. 할머니는 나와 수린 선배를 덮치며 위에서 우리 몸을 감쌌다. 총소리는 몇 번 더 이어지다가 그쳤다. 해나는 정찰대 보내기를 포기하고 안전할 때까지 조금 더 기다리자고 했다.

한참이 지나도 총소리가 들려오지 않자, 가족이 걱정된 사람들은 집으로 돌아가겠다며 다시 경비대원들과 옥신각신했다. 이번에는 분위기가 훨씬 험악했다.

바깥 상황을 알 수 없는 채로 30분쯤 지났을 때, 밖에서 갑자기 웅성대는 소리가 들리더니 경비대원이 우현이를 데리고 나타났다.

"밖에서 자전거를 타고 들어왔어."

경비대원이 우현이를 가리키며 해나에게 말하는 소리가 들렸다. 사람들이 우르르 우현이 주변으로 모여들었다.

"바깥은 어때?"

"약탈자들은 물러갔어?"

사람들이 한꺼번에 묻자 우현이가 당황하며 손에 쥔 종이봉투를 꽉 잡았다.

"경비대에서 상황을 파악하고 알려 줄 테니까 모두 물러서요."

해나가 단호하게 말하더니 우현이를 데리고 할머니 주변으로 왔다.

"영린은 무사한 거야?"

우현이를 보자마자 수린 선배가 외쳤다. 우현이는 고개를 저었다. 무사하지 않다는 뜻인지, 모른다는 뜻인지는 알 수가 없었다.

우현이는 자전거를 타고 학교까지 갔다가 돌아왔다고 했다. 원래는 거기에서 영린을 만나기로 했는데 나타나지 않아서 숨어 있다가 거리가 조용해진 뒤에 돌아왔다고 했다.

"영린을 학교에서 만나기로 했다니, 무슨 소리야?"

할머니가 제대로 말하라고 다그쳤다.

"지호 아저씨가 할머니를 거기로 데려온다고 했어요."

우현이가 울먹였다.

지호 아저씨는 우현이에게 약탈자들이 씨앗 도서관 관장인 영린을 납치하러 오고 있다며 서둘러 도망가서 숨자고 말했다고 한다. 우현이 말에 따르면 아저씨는 사실은 자기도 약탈자인데 영린과 함께 지내는 동안 좋은 사람임을 알게 되어 도와주고 싶다고 했다. 함께 가면 약탈자 눈에 띄니까 지호 아저씨가 영린을 납치한 척하다가 몰래 학교로 데려가기로 했다. 그래서 우현이는 학교에서 기다리기로 약속하고 헤어졌다.

그런데 모두 거짓말이었거나 일이 잘못된 것이 틀림없었다. 지호 아저씨와 영린은 학교에 나타나지 않았고, 바깥에서는 차량 소리와 총소리가 들렸다.

"그래서 학교 옥상으로 올라가 봤어요."

약탈자들이 일부러 학교까지 들어올 것 같진 않아서 그랬다고 한다. 학교 옥상에서는 협동 농장과 씨앗 도서관 그리고 멀리 떨어진 식물 병원까지 이어지는 길이 한눈에 보인다. 밤이어서 건물은 희미했지만, 그 덕분에 약탈자들이 타고 온 차량의 불빛이 더 잘 보였다고 우현이가 말했다.

"약탈자들이 차를 타고 떠나는 걸 봤어요."

우현이가 한 손으로 눈물을 닦았다.

"전부?"

해나가 눈을 날카롭게 빛내며 물었다. 우현이는 차량의 불빛이 모두 지역 밖으로 이어지는 길로 향하다가 사라졌다고 했다. 그러나 해나는 약탈자들이 완전히 물러갔다고 믿지 않는 듯했다.

"할머니가 어디에 있는지 모르겠어요."

우현이가 울먹이자 도서관원들이 우현이를 달래면서 사람들과 떨어진 곳으로 데려갔다. 우현이가 괜찮은지 살펴보고 싶었지만, 우현이는 도서관원들에게 가려서 잘 보이지 않았다.

"영린은 지호 아저씨에게 납치된 걸까?"

수린 선배가 걱정스러운 얼굴로 중얼거렸다.

"어쩌면 우현이와 길이 엇갈렸는지도 몰라요."

정말 그랬기를 바라면서 말했다.

선배는 지호 아저씨의 능글맞은 얼굴이 처음부터 수상했다며 인상을 썼다. 늘 뭔가를 숨기고 있는 느낌이긴 했다. 그러나 내가 보기엔 나쁜 사람 같지는 않았다. 지호 아저씨가 영린을 납치해서 약탈자들에게 데려가는 모습은 상상이 가지 않았다. 어쩌면 영린을 안전한 곳으로 데려가려다가 다른 약탈자에게 들킨 것은 아닐까. 온갖 상상이 머릿속에 맴돌았다.

"영린은 괜찮을 거야."

할머니가 수린 선배의 어깨를 토닥여 주었다.

"겉으로는 온화하고 부드러워 보여도 억척스러운 사람이야. 무슨 일이 있어도 살아남아 무사히 돌아올 거다."

잔뜩 힘을 준 말투와 달리 할머니 얼굴에는 걱정이 가득했다. 사이가 나쁜 영린을 이렇게 걱정하다니 할머니답지 않았다. 사실은 영린을 싫어하지 않는 걸까.

"영린을 어떻게 그렇게 잘 알아?"

할머니에게 불쑥 물었다.

"친구였으니까."

할머니는 대답하기 싫은지 잠시 망설이다가 대답했다.

"영린은 너희만 할 때 씨앗 도서관을 만들 거라고 늘 이야기하고 다녔어. 결국은 그렇게 했고 말이야. 얼마나 고집이 센지 알만하지?"

할머니가 수린 선배를 향해 말하며 픽 웃었다.

영린 이야기를 하면서도 얼굴이 편안해 보이는 할머니가 놀라웠다. 아주 옛날에 사이좋은 친구였던 시절이 떠올라서 그런 것 같았다.

"그런데 왜 사이가 나빠졌어?"

할머니에게 물으면서 우현이를 떠올렸다. 정말 친했던 우리도 영린과 할머니처럼 사이가 나빠져서 서로 모르는 척하게 되지는 않을까 걱정되었다.

할머니는 내 질문에 대답하지 않았다. 옛날 일을 떠올리기라도 하는지 생각에 빠져들어서 내 질문 자체를 잊어버린 것처럼 보였다.

"화해하려고 해 봤어?"

다시 할머니에게 물었다. 그제야 할머니는 천천히 생각에서 깨어나 씁쓸하게 웃으며 고개를 저었다.

"아니."

친한 친구였다면서 화해하려고 해 보지도 않았다니 너무한 것 같았다.

"그때는 내가 너무 화가 났었거든. 나중엔 용기가 없었고."

할머니가 이렇게 말하니 조금 후회하는 것처럼 느껴졌다. 내 착각일지도 모르지만.

"무사하겠지?"

조그맣게 들리는 할머니의 중얼거림에 내 착각일지도 모른다는 생각이 날아갔다. 할머니는 지금 영린을 걱정하는 게 확실했다. 그것도 아주 많이.

회의를 하는지 잠시 모였던 경비대가 갑자기 분주히 움직이더니 밖으로 나갔다. 남은 경비대원들은 웅성대는 사람들을 진정하면서 밖으로 나간 경비대가 올 때까지 기다리라고 했다.

"약탈자들이 물러갔는지 확인하러 갔어요. 안전해진 것이 확인되면 나갈 수 있습니다."

그런데 경비대원이 지역 전체를 일일이 확인하려면 시간이 오래 걸릴 것 같았다.

"그렇게 오래 걸리진 않을 거야."

수린 선배가 팔짱을 끼고 옆에 서서 내 마음을 읽기라도 한 것처럼 말했다.

"약탈자들은 농장에만 관심이 있으니까 그 주변만 확인하면 돼."

단호하게 말하는 선배가 경비대장처럼 늠름해 보였다. 선배는 도서관 관장뿐만 아니라 경비대장도 잘 어울릴 것 같다.

선배 말대로 경비대원들은 생각보다 일찍 돌아왔다. 도서관 불빛 아래로 경비대원들이 나타나자 사람들이 기뻐하는 소리를 냈다. 약탈자가 남아 있다면 이렇게 일찍 돌아오지 못했을 거다.

우리와 함께 기다리던 해나가 대원들을 만나려고 급히 회의장을 나갔다. 그러고는 곧 밝은 얼굴로 돌아왔다.

"약탈자들이 떠난 것을 확인했어요. 이제 집으로 돌아가면 됩니다."

그 말에 사람들이 귀가 아플 정도로 크게 환호성을 질렀다. 나도 몹시 기뻐서 수린 선배를 부둥켜안았다. 선배가 어색해하며 나무토막처럼 뻣뻣해졌지만, 아무래도 좋았다. 이제 안전하니까!

"한꺼번에 나가면 위험하니 질서를 지켜 주세요!"

해나가 출구로 몰리는 사람들에게 외치면서 차례차례 나가게 했다. 경비대원들도 사람들이 안전하게 회의장을 떠나도록 줄을 세우며 도왔다.

"할머니는 찾았어요?"

사람들이 하나둘씩 밖으로 나가자 우현이가 큰 소리로 물으면서 해나에게 뛰어갔다. 해나는 고개를 끄덕였다. 그런데 표정이 심각했다. 영린에게 무슨 일이 생긴 게 분명했다. 우현이도 표정이 어두워졌다.

"할머니한테 같이 가자."

해나가 근심에 가득 찬 우현이에게 말을 건넸다.

나는 벌떡 일어섰다. 우현이에게 괜찮을 거라고 말해 주고 싶었다. 아무리 싸웠다 해도 우리는 친구니까. 그리고 지금이 아니면 우현이에게 말을 걸 용기가 없어질지 모르니까.

"우현아!"

우현이에게 뛰어가면서 큰 소리로 불렀다. 우현이가 해나를 따라가려다 멈칫하더니 나를 돌아보았다. 얼굴을 마주하니 아직도 여전히 어색했다. 그렇지만 용기를 냈다.

"할머니, 괜찮을 거야."

우현이는 잠시 울 것 같던 표정이 되었다가 고개를 끄덕였다. 그러고는 손에 들고 있던 종이봉투를 불쑥 내밀었다.

"이게 뭐야?"

의아해서 우현이에게 물었다.

"과제 식물. 학교에서 지호 아저씨 기다리다가 생각이 났어. 검사 못 받으면 안 되니까."

정말 못 말릴 아이다. 약탈자가 가까이 있는데 내가 과제 식물 검사를 못 받을 걱정이나 했다니. 게다가 이미 죽어 가는 과제 식물을 힘들게 가져오다니. 차라리 없애 버렸으면 약탈자들 때문에 과제 식물이 사라졌다고 핑계라도 댈 수 있을 텐데.

우현이 멍청이라고 궁얼거리면서도 우현이가 해나와 함께 떠나는 뒷모습을 보면서 나는 훌쩍훌쩍 울었다.

24

길고 길었던 밤이 드디어 끝나 가고 있었다. 집 안에 꼭꼭 숨어 있던 사람들이 경비대가 외치는 소리에 하나둘 밖으로 나왔다. 나는 우현이가 주고 간 종이봉투를 쥐고 할머니 곁에 바짝 붙었다. 점점 사람들이 불어나는 거리를 걸으며 할머니는 내 손을 꼭 잡았다. 다시 만나게 된 가족들이 서로 부둥켜안고 흐느끼는 소리가 여기저기에서 들렸다.

희미하게 밝아 오는 빛 속에서 언제나 오가던 익숙한 거리가 보였다. 그런데 지금은 모든 것이 낯설게만 느껴졌다. 약탈자가 나타났던 일도, 도서관에서 보낸 긴 밤도, 거리로 나와 흐느끼는 사람들도 비현실적이었다. 마치 꿈을 꾸는 듯했다. 문득 눈을 뜨면 눈앞의 풍경이 전부 사라지고, 나쁜 꿈을 꾸었다고 생각하며 침대 위에서 깨어날 것만 같은 기분이었다.

그렇지만 지금 눈앞에 보이는 풍경과 귀에 들리는 소리는 전부 현실이었다. 꼭 잡은 할머니 손에서 온기가 느껴졌다. 그런데 우리는 집을 향해 가는 것이 아니었다. 할머니는 농장이 있는 쪽으로 말없이 걷고 있었다.

농장이 가까워질수록 나는 슬퍼졌다. 할머니가 온 정성을 다해 돌본 농장은 엉망으로 부서져 있었다. 가지런히 잘 정돈되어 있던 울타리가 부서져서 바닥에 뒹굴었고, 들어가는 문은 아예 뜯겨 나가서 보이지 않았다.

입구에서 잠시 걸음을 멈춘 할머니는 숨을 고른 다음 내 손을 놓고 농장 안으로 천천히 걸음을 옮겼다. 나는 할머니의 등을 보며 조용히 따라서 안으로 들어갔다. 그리고 농장 안을 본 순간, 비명을 지를 뻔했다.

푸른 작물로 가득하던 트레이가 전부 비어 있었다. 공중에 가지런히 매달렸던 트레이 중 일부가 반쯤 기울어져서 간신히 매달린 채로 바닥에 물을 흘리고 있었다. 마치 눈물을 쏟아 내는 것처럼 보였다.

"울지 마."

내가 뒤에서 훌쩍이는 소리를 듣고 할머니가 단호하게 말했다.

"하지만 다 함께 열심히 가꾼 작물이 전부 사라졌잖아."

속상해서 훌쩍대며 대꾸했다.

"모두 함께 다시 키우면 돼. 그러니까 울지 마."

돌아선 할머니가 엄한 말투로 말했다. 마치 내가 아니라 할머니 자신에게 말하는 것처럼 들렸다. 강한 척하고 있지만, 분명 할머니도 속으로 울고 있을 것이다. 할머니는 누구보다 우리 지역 농장을 아끼고 열심히 돌봤으니까.

"돌아가자."

할머니가 더 볼 것 없다는 듯이 홱 뒤돌아서서 왔던 길을 되돌아갔다. 나는 망가진 농장을 슬프게 바라보다가 멀어지는 할머니는 따라잡기 위해 뛰어갔다. 물이 흥건히 고여 질퍽거리는 바닥이 발아래에서 느껴졌다.

약탈자의 습격을 받은 지역은 결국 해체되고 시민들이 흩어진다. 우리가 예전처럼 작물을 키워 낼 거라는 할머니의 말을 나는 믿을 수 없었다. 우현이도 수린 선배도 다들 다른 지역으로 가게 되고, 다시는 이전처럼 지내지 못할 터였다. 나는 할머니에게 들키지 않도록 소리 없이 울었다.

농장 밖으로 나오자 해나가 경비대원들과 함께 기다리고 있었다. 우리 뒤를 따라온 것 같았다. 해나는 내 얼굴을 잠시 바라보다가 한숨을 내쉬며 할머니에게 말을 건넸다.

"당장 복구하기는 힘들겠지?"

해나의 표정이 심각했다. 경비대원들도 모두 말이 없었다. 우리보다 먼저 농장 안을 살펴본 게 분명했다.

"짧아도 일 년은 걸릴 거야."

할머니가 농장 쪽을 바라보며 말했다.

해나가 한숨을 쉬더니 통신국도 완전히 부서져서 언제쯤 복구될지 알 수 없다고 했다.

"당분간은 통신도 사용 못 해. 인근 지역에 소식을 알리고 도움을 청하려고 경비대원들이 출발했어."

해나는 경비대원들이 파악한 피해 상황을 조금 더 말해 주었다. 놀라서 도망치다가 다친 어른들이 있는데, 대부분 가벼운 부상이라고 했다.

"영린은? 영린도 괜찮아?"

해나는 잠시 말을 멈추고 한숨을 길게 내쉬었다.

"쓰러진 채로 발견됐어. 병원으로 실려 간 뒤로는 소식을 못 들었어."

영린이 발견된 곳은 뜻밖에도 씨앗 도서관 창고 앞이었다고 한다. 창고에는 도서관에서 지역 시민들에게 나눠 줄 종자를 보관하는데, 사람들이 도착했을 때는 텅 비어 있었다고 했다. 약탈자들이 전부 훔쳐 간 것 같았다.

"우리가 회의장 안에 있을 때 그랬던 모양이야."

해나의 표정이 어두워졌다.

바로 우리 곁에서 영린에게 나쁜 일이 생겼는데 아무도 몰랐다는 사실이 믿어지지 않았다. 회의장에 있는 사람들이 도와주러

갔다면 무사했을지도 모른다.

해나는 영린이 창고에 보관하던 종자를 지키려고 약탈자들과 맞서다가 그런 것 같다고 했다.

“사람들이 진정되면 공동체 대표들과 만나서 대책을 의논해야겠어.”

부서진 농장을 안타깝게 바라보며 해나가 말했다.

할머니는 그 말에 동의하면서 내일이라도 당장 회의를 열자고 했다.

두 사람이 대화하는 동안 밝게 떠오르는 아침 해를 물끄러미 바라보았다. 언제나 맞이하던 아침인데 오늘 아침은 어제와 다르다. 어쩌면 어제처럼 아무렇지 않던 아침은 영영 오지 않을지 모른다. 그렇게 생각하니까 슬퍼졌다.

할머니와 나는 집으로 돌아왔다. 집은 평상시와 똑같았다. 그런데 너무 많은 것이 달라진 기분이 들었다.

할머니는 곧장 지하실로 내려가서 웨이 아저씨가 돌아왔는지 확인했다. 꼭 닫힌 지하실 문을 두드리자 안에서 아저씨가 대답하는 소리가 들렸다. 그러나 문을 열고 나오지는 않았다. 할머니는 아저씨가 무사히 돌아와 안심한 것 같았다. 나에게는 아저씨를 당분간 그냥 내버려 두라고 일렀다.

“한동안은 제정신이 아닐 거야.”

할머니가 딱하다는 표정을 지었다. 약탈자의 습격을 두 번이나 경험한다면 나도 제정신이 아닐 것 같았다. 이제야 겨우 바깥세상을 덜 무서워하게 됐는데 또다시 지하실에 틀어박힌 웨이 아저씨가 가여웠다. 아저씨는 언제쯤 회복할 수 있을까?

"너도 피곤할 테니 방에 들어가서 쉬어."

이렇게 말하는 할머니 얼굴에는 피곤함이 가득했다. 할머니는 내가 방으로 가는 동안 소파 위에 쓰러지듯이 몸을 던졌다.

방에 들어온 나는 종이봉투를 책상 위에 올려 두었지만, 과제 식물을 꺼내지는 않았다. 죽어 가는 모습을 보고 싶지 않아서였다. 그래도 종이봉투에서 우현이의 따뜻한 마음이 느껴져 기분은 나쁘지 않았다.

우현이와 화해하게 되어 다행이라고 생각하며 침대에 털썩 누웠다. 폭신한 침대에 누우니 갑자기 더 피곤해졌다. 그러나 잠은 오지 않았다. 바로 그때, 텔런이 떠올랐다.

"텔런!"

벌떡 일어나서 태블릿을 향해 외쳤지만 대답이 없었다. 통신국이 파괴되는 바람에 할 일이 많아져서 그런가 하고 기다렸다. 그러나 몇 번이나 다시 불러 보아도 텔런은 나타나지 않았다. 혹시 태블릿이 고장 났나 살펴봤지만 기능은 모두 정상이었다. 무엇 때문인지 텔런도 사라져 버린 것 같았다.

텔런을 태블릿에 복제한 보람이 없었다. 실오라기처럼 남아 있던 희망마저 사라져 버린 기분이었다. 텔런의 이름을 조그맣게 다시 불러 보았지만, 방 안에는 침묵만이 가득했다. 가만히 태블릿을 만져 보았다. 통신국이 복구되면 텔런을 만날 수 있을까? 전자 인간에게는 죽음이 없으니까 분명 다시 만나게 될 거다. 그렇지만 다시 만난 텔런에게 나와 함께했던 기억이 있을지는 확실하지 않았다. 텔런이 그 기억을 공유하지 않았다면 내가 알던 텔런은 이제 세상에 없는 거다.

이상했다. 텔런은 절대 죽지 않는데, 텔런이 죽은 것처럼 느껴진다. 눈물이 쏟아져서 이불에 얼굴을 파묻었다. 오늘은 슬픈 일만 가득했다. 앞으로도 좋은 일은 없을 것 같은 예감이 들었다.

예감대로 오후에 또 나쁜 소식이 전해졌다.

해나가 내일 회의장에서 공동체 대표들이 모이기로 했다고 알리러 왔다가, 병원에 실려 간 영린의 소식을 전해 주었다.

"생각보다 많이 다친 모양이야."

말을 꺼낸 뒤에도 해나는 한참 동안 말이 없었다. 해나의 눈에 눈물이 고이고 있었다. 꼿꼿하게 등을 세운 할머니가 긴장한 기색이 느껴졌다.

"수술을 했는데 정신이 안 돌아와. 위독하대."

해나가 울지 않으려고 애쓰면서 말했다.

그 말에 할머니는 숨을 크게 들이쉬더니 갑자기 풀썩 주저앉았다. 부서진 농장을 보고도 꼿꼿이 등을 세우며 울지 말라고 하던 할머니가.

그때, 쾅쾅 문을 두드리는 소리가 들리더니 일어날 수 있는 유일하게 좋은 일이 일어났다.

엄마가 돌아왔다.

25

엄마를 보고 반가워하기도 전에 너무 놀라서 뒤로 뒷걸음질 쳤다. 엄마의 배가 커다랗게 앞으로 불쑥 나와 있었다.

"이언, 엄마에게 인사 안 할 거야?"

멍하니 서 있는 내게 엄마가 섭섭하다는 듯이 말했다.

엄마를 안고 싶었지만, 불룩한 배 때문에 어떻게 해야 할지 몰라서 얼굴과 배를 계속 번갈아 봤다.

"괜찮아!"

엄마가 웃음을 터뜨리며 팔을 활짝 벌렸다. 그제야 나는 엄마에게 뛰어가서 힘껏 안겼다. 엄마의 따뜻한 품에 안기자 눈물이 쏟아졌다. 엄마는 내가 울음을 멈출 때까지 꼭 안아 주었다.

"위험하니까 오지 말라고 했잖아."

할머니가 등 뒤에서 말하는 소리가 들렸다.

"두 사람이 위험할지 모르는데 함께 있어야지."

엄마가 대꾸하면서 나를 꼭 안고 있던 팔을 풀었다.

엄마 품에서 물러나 동그랗고 볼록한 엄마의 배를 가만히 바라보았다. 엄마는 내 손을 잡더니 배에 갖다 댔다.

"엄마의 비밀 프로젝트야."

동생이 생길 거라면서 엄마가 웃었다.

엄마는 지역을 연결하는 정기 버스를 타고 왔다고 했다. 할머니는 약탈자가 지나간 뒤에 도착해 다행이라면서 엄마가 너무 무모하다고 야단쳤다. 그러면서도 엄마가 좋아하는 간식을 가져왔다. 미리 준비해 놓았던 것 같았다.

"어젯밤에 약탈자의 습격이 있었대서 깜짝 놀랐지 뭐야."

엄마가 허리를 잡고 조심조심 소파에 앉으며 말했다.

해나는 길고 길었던 어젯밤 이야기를 요약해서 엄마에게 들려주었다. 그리고 할머니와 함께 영린이 있는 병원으로 갔다. 엄마는 해나와 할머니를 배웅하면서 한참 동안 문가에 서 있었다.

"영린이 위독하다니 할머니 마음이 안 좋을 거야."

엄마가 한숨을 내쉬었다.

"할머니는 영린을 싫어하잖아."

고개를 갸웃거리며 말했다. 할머니가 도대체 영린을 어떻게 생각하는지 알쏭달쏭했다. 그렇게나 싫어하던 영린을 몹시 걱정하는 것처럼 보이기 때문이었다.

"글쎄……. 아마 그 반대일걸!"

엄마가 야릇하게 웃었다.

"내가 알기로는 할머니의 첫사랑이 영린이었어."

예상치 못한 엄마의 말에 놀라서 입이 다물어지지 않았다. 엄마가 그런 나를 보고 히죽 웃었다.

"아직도 좋아하니까 그렇게 미워하는 거야."

엄마는 도무지 이해하기 힘든 말을 했다. 좋아하면서 미워할 수 있느냐고 묻자, 어른이 되면 이해하게 될 거라는 내가 싫어하는 대답이 돌아왔다.

"할머니가 준 말린 장미꽃을 영린이 유리병에 넣어서 소중히 간직하는 것을 알면 할머니는 아마 펑펑 울걸."

엄마가 어깨를 으쓱했다. 엄마는 할머니와 영린 사이에 있었던 일을 모두 아는 것 같았다.

"울고 싶으면 실컷 울라고 나는 일부러 집에 남은 거야."

엄마가 덧붙였다.

바로 그때, 지하실 쪽에서 소리가 나자 엄마는 깜짝 놀라서 고개를 들었다.

"웨이 아저씨일 거야."

지하실을 가리키면서 웨이 아저씨가 다시 지하실에 틀어박혔다고 말해 주었다. 엄마는 딱하다는 표정으로 일어서더니 같이

지하실로 가자고 손짓했다.

내가 앞장서서 계단을 내려가 문을 두드리면서 엄마와 인사하라고 말했지만, 아저씨는 문을 열지 않았다. 그 대신 안에서 작은 목소리로 엄마에게 인사를 건넸다.

엄마와 나는 다시 거실로 올라와서 배 속에 있는 아기 이야기를 나누었다. 이번엔 단성 생식이 아니라 양성 생식이라고 엄마가 설명해 주었다. 그러니까 보한과 엄마가 함께 아기를 만든 거였다.

"동생이 생겨도 계속 나를 좋아해 줄 거야?"

엄마에게 바짝 붙어서 걱정스럽게 물었다.

"당연하지!"

엄마는 웃음을 터뜨리고는 망설임 없이 대답했다. 나는 마음이 편안해져서 엄마에게 기댄 채로 눈을 감았다. 조금 전까지만 해도 힘들었던 모든 일이 전부 사라져 버린 것 같았다. 따뜻하고 포근한 느낌에 졸음이 몰려왔다.

아마 그러다가 잠이 든 모양이었다. 내 침대 위에서 눈을 떴을 때는 벌써 아침이었다. 옆에서는 엄마가 아직 자고 있었다. 왠지 기분이 좋아져서 엄마 품으로 파고들었다. 매일 아침이 이랬으면 좋겠다.

매일 아침 일찍 깨우던 할머니도 내 방에 오지 않았다. 오늘은 학교에 가지 않아도 돼서 그럴 것이다. 약탈자들의 습격 이후로 분위기가 어수선해져서 당분간 학교도 쉰다. 평소 같았으면 신이 났을 텐데, 지금은 오히려 학교에 가서 친구들을 만나면 기분이 나아질 것 같았다. 엄마가 없었으면 더 우울했을 것이다.

나는 엄마 옆에서 실컷 더 자다가 점심때가 다 돼서야 일어났다. 우리보다 먼저 일어난 할머니가 벌써 음식을 준비해 놓고 있었다. 할머니가 병원에서 엉엉 울지 모른다는 엄마의 말이 떠올라서 할머니 얼굴을 슬쩍 훔쳐보았다. 기분 탓인지, 할머니 눈이 부은 듯한 느낌이었다.

"영린은 어때?"

엄마가 할머니 얼굴을 살피며 물었다.

"괜찮아지겠지."

할머니는 그렇게만 대답하고 입을 다물었다. 표정이 어두웠다. 지금은 영린이 괜찮지 않다는 뜻 같아서 마음이 무거워졌다. 영린 곁에 있을 우현이가 괜찮은지도 걱정되었다. 그래서 오후에 씨앗 도서관에서 열리는 지역 사회 공동체 임시 회의에 할머니를 따라가기로 했다. 내 연락을 받은 수린 선배도 회의 시간에 맞춰 씨앗 도서관으로 가겠다고 했다. 우리는 씨앗 도서관의 청소년 활동가니까 지역 사회 공동체 회의 준비를 도와야 한다.

병원에 있던 우현이도 같은 생각이었다면서 예상보다 일찍 씨앗 도서관으로 왔다. 우현이와 이미 화해한 것 같지만, 아직은 조금 어색했다. 우리는 눈이 마주칠 때마다 슬그머니 피했다. 서로 화가 난 것도 아닌데 이전처럼 말을 많이 하지는 않았다. 다투었을 때와는 또 다른 어색함이었다. 그런 우리를 수린 선배가 의아해하며 바라보았다.

회의 시간이 다 되었을 때, 엄마도 회의장에 나타났다. 엄마 옆에는 오랫동안 엄마와 함께 일했던 재활용 광산의 직원들이 있었다. 엄마는 입구에 있는 내게 윙크하면서 활짝 웃어 주고 안으로 들어갔다.

엄마가 있으니까 칙칙한 회의 분위기가 밝아진 것만 같았다. 회의에 참석한 많은 사람이 오랜만에 만난 엄마를 반가워했다. 엄마가 일일이 인사 나누느라 회의가 조금 늦게 시작되었지만, 언짢아하는 사람은 없었다.

"그런데 식물 병원 원장님은 안 왔나?"

할머니가 사람들을 둘러보더니 물었다.

"식물 병원에 틀어박혀 있어."

해나가 난감하다는 표정으로 말했다. 같은 연구원인 줄 알았던 지호 아저씨가 약탈자였다는 사실에 원장님은 몹시 충격을 받은 모양이었다. 약탈자들이 우리 지역을 습격한 게 다 자기 때문이라며 자책했다고 한다.

"어이없군."

할머니가 기가 막히다는 얼굴로 말했다. 우리 지역에서 가장 훌륭한 식물 전문가인 원장님이 필요한 회의에 참석하지 않다니

한심하다고 했다.

"약탈자들이 농장을 완전히 털어 갔으니 당장 식량 공급이 문제로군."

한 사람이 심각하게 말하자 여기저기서 해결책을 제시했다. 지역 사회 공동체를 분산해서 다른 지역으로 보내자는 끔찍한 의견도 있었다. 저마다 자기 의견을 말하느라 시끄러워지자 할머니가 탁자를 탁탁 내리쳤다.

"그 정도까지 절박한 상황은 아니야. 수확해서 농장 창고에 저장하던 작물은 약탈자 습격에 대비해서 대부분 비밀 창고로 옮겼어. 최대 여섯 달 정도는 지역 해체 없이 견딜 수 있을 거야."

할머니가 말을 끝내자 다행이라며 탄성이 터졌다. 그동안 할머니가 매일 밤늦게까지 일했던 이유는 수확한 작물을 비밀 창고로 옮기느라 그런 거였다.

"나쁜 소식도 있어. 농장을 복구하려면 일 년은 필요하다는 거야."

할머니는 농장을 복구하는 데 필요한 재료가 부족한 상황도 문제라고 했다. 농장이 복구되더라도 작물을 수확할 때까지는 또 시간이 걸린다. 그때까지 지역 사회 공동체가 버티기는 힘든 상황이었다. 비밀 창고로 옮긴 식량은 지역 사회 공동체가 해체되기까지 걸리는 시간을 벌어 주는 것일 뿐, 완전한 해결책은 아니었다.

"우선 다른 지역 사회 공동체들이 우리를 지원할 수 있을지 알아보려면 텔런부터 복구해야 해."

해나가 가라앉은 표정으로 입을 뗐다. 텔런이 삭제된 상태이기 때문에 가장 가까운 지역으로 직접 가서 도움을 요청해야 했다. 그런데 텔런이 복구되더라도 우리 지역에 필요한 상세한 정보가 남아 있을지는 알 수 없었다.

"그건 걱정 안 해도 돼. 이언의 태블릿 속에 있는 친구가 도와줄 테니까. 안 그래?"

할머니가 나를 바라보면서 물었다.

할머니는 내 태블릿에 텔런이 복제된 것을 벌써 알고 있었던 거다. 어떻게 알았느냐고 나중에 물었더니, 할머니는 손녀가 날마다 정신 나간 사람처럼 방 안에서 혼잣말하는 이유를 당연히 캐 볼 수밖에 없었다고 했다. 내가 허술했다.

어쨌거나 끔찍한 상황에 도움을 줄 수 기회였지만, 텔런은 이미 사라진 상태였다. 희망에 부푼 통신국 국장님의 눈빛을 차마 마주할 수 없었다. 약탈자들이 습격한 날에 태블릿의 텔런이 사라졌다고 고개를 푹 숙인 채로 고백했다.

"우린 전문가야. 복구할 수 있어."

국장님이 믿으라는 듯이 가슴을 두드리면서 태블릿을 가지러 집으로 오겠다고 했다.

텔런이 복구되면 당장 다른 지역에 지원을 요청할 수 있으니까 농장 복구도 빨라진다. 그렇지만 식량이 바닥나는 6개월 후부터는 농장에서 작물을 수확할 수 있을 때까지 모두 다른 지역으로 흩어져 지낼 수밖에 없었다. 그 기간이 길어지면 농장이 완전히 복구되더라도 돌아오지 않는 사람들이 생겨날 것이다. 아마 지금과는 전혀 다른 모습이 될지 몰랐다. 곁에 있는 친숙한 사람들과 영원히 헤어질 수도 있다고 생각하니 눈물이 차올랐다.

"아니면 흩어지지 말고 여러 지역에서 식량을 지원받아 버텨 보는 건 어때?"

누가 희망적인 의견을 제시했지만, 무리라는 의견이 더 많았다. 그렇게 오랫동안 식량을 지원해 줄 정도로 각 지역의 수확량이 많지는 않기 때문이다.

그때, 술렁이며 의견을 주고받는 어른들 사이로 우현이가 끼어들었다.

"밤의 정원 프로젝트가 있잖아요."

26

회의장에 있는 어른 중에서 밤의 정원 프로젝트를 모르는 사람은 없었다. 그런데 정확히 어떤 것인지 아는 사람도 없었다. 영린은 약탈자의 습격으로 지금 같은 상황이 벌어지면 밤의 정원 프로젝트가 도움이 될 거라고, 우현을 비롯한 도서관원들에게 말했다고 한다.

알고 보니 마법 지팡이처럼 생긴 물건은 땅에 씨를 심는 도구였다. 손잡이 부분에 달린 버튼을 누르면 지팡이 끝부분이 열리면서 씨앗이 나온다. 밤에만 작업한 이유는 토지 경작에 반대하는 사람들에게 방해받지 않기 위해서였다.

영린과 도서관원들은 아주 오랫동안 덜 오염된 토지를 골라서 꾸준히 오염을 제거하고 작물을 키워도 될 만한 수준으로 만들어 왔다. 오염 제거 작업이 끝난 뒤에는 작물의 씨를 뿌리는 작업을 했는데, 청소년 활동가인 우리가 도왔던 일도 바로 그 작업이었다.

"작물의 씨앗은 특별히 개량하고 개발한 거여서 농장에서 석 달 걸려 수확할 양을 한 달 만에 수확할 수 있을 거라고 할머니가 그랬어요."

우현이 말에 어른들이 술렁거렸다. 만약 우현이의 말이 사실이라면, 지역 사회 공동체가 해체될 위기를 벗어날 수 있을 것이다. 그런데 우현이를 비롯한 도서관원들은 프로젝트의 가장 중요한 부분을 몰랐다. 영린은 씨앗이 발아하는 조건을 가르쳐 주지 않은 것이다.

"밤의 정원 프로젝트를 시작한 지 시간이 꽤 흘렀는데도 싹이 올라온 적은 없어."

아마 특별한 조건이 필요할 거라고 어느 도서관원이 말하면서 씨앗을 자세히 살펴보겠다고 했다. 할머니는 도서관원을 도울 수 있게 농장 직원을 보내 주겠다고 약속했다. 그동안 씨앗 도서관을 싫어하기로 유명한 할머니가 도와준다는 말에 도서관원들은 모두 얼떨떨한 표정이었다.

회의가 끝난 뒤 할머니는 곧장 집으로 가지 않고 농장을 보러 갔다. 엄마와 함께 집으로 돌아와 보니 집 안이 깨끗했다. 심지어 설거지까지 되어 있었다. 집 안에서 이런 일을 할 사람은 웨이 아저씨밖에 없다. 사람들이 없을 때 밖으로 나와 집안일을 한 것 같았다.

그 후로 아저씨가 집을 몰래 청소하는 일이 이어졌다. 가끔은 내 책상 위에 친절한 메모가 붙어 있기도 했다. 그 메모를 보면 따뜻한 마음씨가 느껴져서 가슴이 뭉클했다. 하루빨리 아저씨 마음이 괜찮아져서 예전처럼 얼굴을 보며 이야기 나눌 수 있기를 바랐다.

내 태블릿은 통신국 국장님이 직접 찾아와서 가져갔다. 태블릿을 받아 드는 모습이 어찌나 엄숙한지 웃음이 터질 뻔했다. 텔런이 복구되지 않으면 어떡하나 걱정했는데 다행히 국장님의 자신감은 빈말이 아니었다. 내 태블릿에 복제되었던 텔런은 하루 만에 복구되었고, 통신망이 안정되는 대로 다시 통신국 서버로 옮겨질 예정이었다. 다시 만난 텔런은 나를 보고 반가워했다. 나와 함께했던 모든 기억이 남아 있어서 나도 정말 기뻤다.

며칠 후, 텔런이 통신국 서버로 돌아가자 지역 간 통신이 다시 가능해졌다. 오랫동안 재활용 광산에서 일했던 엄마는 곧장 통신국으로 가서, 인근 지역 광산에 우리에게 필요한 자원이 있는지 확인하고 도움을 요청했다. 그런 다음 재활용 광산으로 매일 출근했다. 밤의 정원 프로젝트에 필요한, 공중에서 물을 뿌리는 드론 제작을 도와주기 위해서였다.

도서관원과 농장의 농부들이 힘을 합쳐서 열심히 애쓰고 있었지만, 씨앗이 발아했다는 소식은 아직 들리지 않았다.

"도저히 안 되겠네."

다들 조급해할 때쯤, 집에서 곰곰이 생각에 빠져 있던 할머니가 벌떡 일어나 집 밖으로 나갔다. 그길로 식물 병원으로 간 할머니는 노크도 없이 들어간 다음, 창고 안으로 도망치려는 원장님을 붙잡아서 씨앗 도서관으로 끌고 갔다.

"마을에서 제일 뛰어난 식물 전문가가 도움이 필요한 사람들을 외면하고 숨어 버리다니 무슨 짓이냐면서 원장님을 혼냈어."

도서관에 있다가 그 광경을 보고 내게 전해 준 수린 선배는 할머니가 정말 굉장한 사람이라고 진심을 담아 말했다.

원장님은 할머니에게 야단맞고 정신이 들었는지 예전 모습으로 돌아와서 비밀 정원 프로젝트를 완성하려고 노력하는 도서관원과 농부들에게 힘을 보탰다. 원장님은 여러 추측을 정리해서 차근차근 실험해 나갔다.

엄마와 광산 직원들이 만든 드론이 하늘을 날면서 씨앗을 심은 황무지 위에 물을 뿌리는 멋진 광경도 몇 번이나 보았다. 그런데도 새싹이 올라올 기미는 전혀 보이지 않았다. 유일하게 씨앗의 비밀을 알고 있는 영린의 상태는 점점 나아졌지만, 여전히 의식이 없었다. 다들 조금씩 지쳐 갔다.

수린 선배와 우현이 그리고 나도 지쳐 있었다. 우리도 프로젝트 연구에 참여했지만, 어른들의 실험을 돕는 게 전부였다. 영재인 수린 선배도 식물 전문가인 어른들을 넘어서는 해결책을 제시하기는 힘든 것 같았다. 그렇지만 선배는 포기하지 않았다.

"도구로 씨앗을 깊이 심은 데는 다 이유가 있을 거야."

말을 이어 가던 선배가 갑자기 눈을 가늘게 뜨더니 선반 위에 놓인 유리병을 바라보았다. 겨울에도 꽃을 피웠다던 장미. 할머니가 영린에게 선물한 소중한 물건.

"저거, 영린이 제일 아끼는 거라고 했지?"

우현이는 선배가 왜 그런 질문을 하는지 의아해하면서 고개를 끄덕였다. 그러자 선배가 갑자기 밖으로 뛰쳐나갔다. 우현이와 나는 아무 영문도 모르면서 무작정 선배 뒤를 따라 뛰었다.

"빛! 빛이 필요한지도 몰라요!"

어른들이 모인 연구실 안으로 뛰어들며 선배가 외쳤다.

그것으로 수린 선배는 영재임이 확실해졌다. 씨앗을 빛에 노출했더니 정말로 싹이 났기 때문이다. 원장님은 씨앗을 땅속 깊이 심은 상태에서 발아하는 방식만 고려하느라 정작 쉬운 해결책을 놓쳤다며 고개를 절레절레 흔들었다. 자신이 지역에 도움을 될 기회를 놓친 것을 아쉬워하는 눈치였다.

씨앗이 발아하는 데 빛이 필요하다는 사실이 증명된 이튿날, 씨앗 도서관에서 사용하는 기계들이 황무지로 잔뜩 몰려와서 씨앗이 밖으로 나오게끔 땅을 헤집어 놓았다. 그날만큼은 할머니도 기계 때문에 시끄럽다고 불평하지 않았다.

드론들이 물을 뿌리고 며칠이 더디게 지난 후, 드디어 초록빛 새싹이 황무지를 잔뜩 뒤덮으며 올라왔다. 하룻밤 사이 변한 모습에 모든 사람이 깜짝 놀라며 기뻐했다. 할머니는 농장이 복구된 다음에도 토지 경작은 계속하도록 도와주겠다고 약속했다.

지역 사회 공동체가 해체될 위기를 벗어나서 모두가 한숨 돌린 뒤로 일주일쯤 지났을 때, 영린이 거짓말처럼 깨어났다. 집으로 오는 길에 우현이에게서 소식을 들은 나는 할머니에게 이 소식을 알려 주려고 정신없이 집으로 달려 들어갔다.

"할머니!"

덕분에 이름 대신 할머니라고 부르는 사태가 벌어졌다. 나는 내 입술을 손으로 때리면서 할머니에게 빨리 병원으로 가 보라고 했다. 할머니는 멍하니 서 있더니 참았던 숨을 길게 토해 냈다. 그런데 서두르지 않고 자꾸 꿈지럭거렸다. 아무래도 일부러 그러는 것 같았다.

만나서 무슨 말을 해야 할지 몰라 그러는지도 몰랐다. 우현이와 화해하고 나서 내가 그랬던 것처럼.

할머니는 자꾸 재촉하는 나를 보면서도 머뭇거리더니 잠시 창가에 둔 화분으로 눈길을 던졌다. 할머니가 돌보던 화분에는 어느새 노란 민들레꽃이 피어 있었다.

할머니는 엄청난 각오라도 하는 표정으로 방에 들어가서 가위를 들고 나왔다. 노란 민들레꽃을 가위로 싹둑 잘라 내는 할머니를 보며 하마터면 비명을 지를 뻔했다. 그러나 할머니는 잘린 민들레꽃을 손가락으로 침착하게 집어 올리더니 내게로 다가왔다.

"가자."

할머니가 민들레꽃을 손에 든 채로 문밖을 나섰다.

"영린에게 주려고 가져가는 거야?"

할머니에게 조심스레 물었다.

"아까 할머니라고 불렀지?"

대답 대신 할머니가 엉뚱한 말을 했다. 쑥스러우니까 공연한 잔소리를 하기로 한 것 같았다. 급해서 잘못 말했다고 변명하려는 순간, 할머니 입에서 전혀 예상치 못했던 말이 흘러나왔다.

"가끔은 할머니라고 불러도 괜찮아."

잘못 들은 게 아닐까 내 귀를 의심하며 할머니를 멍하니 봤다.

"나는 내 이름으로 불리는 게 좋아. 할머니라는 역할에 갇히고 싶지 않으니까. 하지만……."

할머니가 슬쩍 웃으면서 나와 눈을 마주쳤다.

"너를 위해 할머니가 되고 싶을 때도 있어. 너를 보면서 따뜻하고 행복한 느낌이 마음에 가득 퍼지는 순간에 말이야. 그렇지만 늘 그러고 싶진 않아. 그러니까 가끔은 할머니, 가끔은 내 이름으로 부르도록 해."

할머니는 조금 민망한지 헛기침하며 다시 앞을 바라보았다.

할머니가 이렇게나 따뜻하고 다정한 말을 할 줄 아는 사람이었다니, 충격이었다. 지금까지 내가 알던 할머니와는 전혀 다른 사람 같다. 영린과 친구로 지내던 어린 시절 할머니의 모습이 이랬을까. 내가 모르는 할머니의 모습이 또 있는지 궁금해졌다.

영린의 병실 앞에 도착한 할머니는 민들레꽃을 손에 꼭 쥐고 숨을 가다듬었다. 나는 병실 안에서 할머니를 의아하게 바라보는 우현이에게 나오라고 눈짓했다. 우현이가 나오면서 인사하는 소리에 할머니 쪽을 바라본 영린의 눈에는 잠시 놀라움이 스쳤다. 그리고 더할 나위 없이 반가워하는 따스한 미소가 얼굴에 떠올랐다. 할머니는 용기를 얻은 듯, 병실 안으로 천천히 한 걸음 들어섰다.

"두 분 사이가 나쁜 거 아니었어?"

훈훈한 분위기에 놀라는 우현이 손을 잡고 병원 복도로 끌고 나왔다. 우현이가 당황하는 모습을 보고서야 내가 우현이 손을 잡았다는 사실을 깨닫고 화들짝 놀랐다. 예전에는 우리 사이에 아무렇지 않았던 일이 요즘은 어색할 때가 많다. 급히 손을 놓으려는 순간, 우현이가 다시 내 손을 꽉 잡았다. 우현이 손은 크고 딱딱했다. 그렇지만 전에는 느끼지 못했던 온기가 손바닥에 전해져서 얼굴이 화끈거렸다.

"약탈자들이 할머니를 끌고 가려 했는데 지호 아저씨가 막아 줬대."

우현이가 자연스럽게 말을 꺼냈지만, 내가 그러냐고 짧게 대답하자 다시 대화가 사라졌다. 우현이의 뛰는 심장이 손에서 느껴졌다. 우현이도 내 심장 소리를 느끼고 있겠지. 손을 마주 잡은 우리는 어색한 침묵 속에 서로 다른 쪽을 보고 병실 복도를 걸어갔다. 심장이 너무 심하게 뛰어서 이대로 가다간 숨이 멎을 것만 같았다.

그때, 복도 끝에서 엄마가 걸어오며 우리를 보았다.

"어, 엄마!"

당황해서 우현이와 서로 손을 놓으며 떨어지는 순간, 엄마가 히죽 웃더니 인상을 썼다.

"좋은 구경을 더 하고 싶은데, 지금은 의사 선생님을 만나야 할 것 같아."

한 손으로 배를 감싸는 엄마를 보고 우현이가 큰 소리로 의사를 찾으면서 복도를 뛰어갔다. 엄마는 곧 동생이 나올 것 같다며 내 손을 꽉 쥐었다.

"남자 친구가 생겨도 나를 계속 좋아해 줄 거지?"

진통을 참으면서 엄마가 짓궂은 얼굴로 물었다. 이런 순간에 나를 놀리고 싶어 하다니, 정말 어이가 없다.

"당연하지!"

이렇게 외칠 때, 멀리서 의사와 간호사가 이동식 침대를 요란하게 밀며 다가왔다. 엄마는 걱정하지 말라는 말을 남기고 침대에 누워 분만실로 실려 갔다.

부랴부랴 달려온 할머니와 우현이 사이에서 눈을 동그랗게 뜨고 긴 시간을 기다린 끝에 엄마가 무사히 아기를 낳았다는 소식을 들었다. 내게 남동생이 생겼다. 다리에서 힘이 풀려 풀썩 주저앉는 나를 보고 의사와 할머니가 웃어 댔다. 그렇지만 정말 정신이 나간 기분이었다.

누나가 되다니. 그건 어떤 느낌일까. 남동생에게 나를 이름으로 부르라고 해야 할까, 누나라고 부르라고 해야 할까. 나도 남동생이 누나라고 부를 때 따뜻하고 행복한 느낌이 마음에 가득 퍼지는 순간을 경험할 수 있을까. 엄마 물건을 챙기러 집에 가는 길에 온갖 생각이 머릿속에서 맴돌았다. 공중에 떠서 걷는 것처럼 기분이 이상했다.

나는 일단 엄마 방으로 가서 할머니가 일러 준 물건들을 챙겼다. 웨이 아저씨가 집을 청소했는지 오늘도 집 안이 깨끗했다. 그런데 잠시 옷을 갈아입으러 내 방에 들어갔을 때, 까맣게 잊었던 물건이 책상 위에 놓인 것을 보았다. 종이봉투에 넣은 채 책상 아래에 처박아 두었던 과제 식물이었다. 말라 버렸어야 할 과제 식물의 트레이에는 맑은 물이 담겨 있었다. 게다가 누렇게 시들어 버린 잎 사이로 이상한 것이 보였다.

작은 녹색 잎이었다. 시들어 버린 잎들 사이에서 움튼 새싹이 조그맣게 펼쳐질 채비를 하고 있었다. 놀라서 멍해진 내 눈에 웨이 아저씨가 놓아둔 작은 쪽지가 보였다.

종이봉투 속에서도 살아 있었어.

나도 따뜻한 햇볕 아래에서 다시 만나도록 노력해 볼게.

또박또박 쓴 글씨를 보는 내내 눈물이 핑 돌았다. 어두운 지하실에서 웨이 아저씨가 나오기를 바라면서, 집을 나오기 전에 동생이 태어났다고 지하실 쪽을 향해 크게 소리쳤다. 우리 가족이 남동생을 데리고 돌아오는 날이면 분명 밝은 곳에서 아저씨를 만날 수 있으리라는 예감이 들었다. 그리고 모두 괜찮아질 것이다. 따뜻한 햇볕 아래에서.

작가의 말

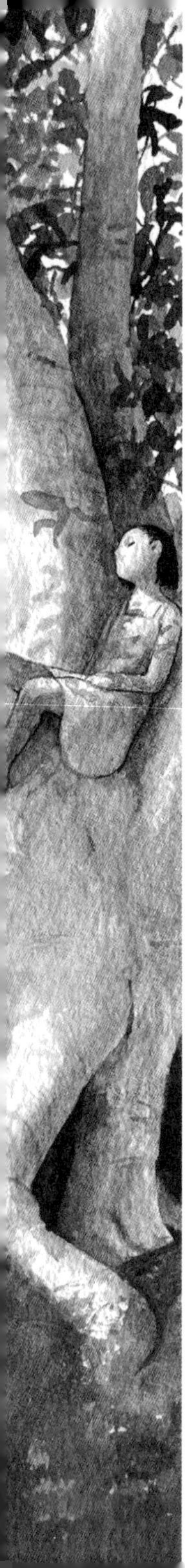

작년 여름, 경상남도에 있는 작은 섬에 갔습니다. 낚시로 직접 잡은 우럭을 구워 주는 자그마한 식당에서 저녁 식사를 하는 동안, 옆자리에 앉은 섬 주민에게서 놀라운 이야기를 들었습니다. 섬과 가까운 바다에서 잡히던 물고기의 종류가 벌써 몇 해 전부터 바뀌었다는 거였습니다. 처음 보는 이상한 물고기가 잡혀서 알아보니 열대 바다에 서식하는 어종이었던 적이 몇 번이나 있었다고 합니다. 그분은 기후 위기를 심각하게 걱정했습니다.

이상한 날씨가 잦아지면서 전에는 기후 위기를 크게 생각해 본 적 없던 사람들도 환경에 관심을 기울이는 듯합니다. 학교에서도 탄소 중립과 관련한 교육이 다양해졌지요. 학생 스스로 작물을 키우는 경험도 그 교육 중 하나입니다. 요즘 학교에서는 학생들이 돌보는 텃밭을 흔히 볼 수 있습니다.

그런데 식물을 키우는 일은 쉽지 않은 일입니다. 물 주기부터 여간 까다로운 것이 아닙니다. 물을 자주 줘서 죽이고, 안 줘서 죽이고. 지나치게 관심을 쏟아서 죽이고, 무심하게 방치했다가 죽이고. 의도치 않게 살식마가 되어 버리기 일쑤입니다. 식물을 잘 키우려면 우선 그 식물에 대해 잘 알아야 합니다. 무엇을 좋아하고 싫어하는지 세심하게 살피고 돌볼 때, 식물은 싱싱한 잎과 아름다운 꽃을 보여 주는 듯합니다.

우리가 사는 지구 환경을 돌보는 일도 똑같을 것 같습니다. 모두 함께 마음을 모아 지구가 좋아하는 일을 하고, 싫어하는 일을 줄여 나간다면 코앞에 닥친 기후 위기도 해결해 나갈 수 있지 않을까요? 약탈자의 습격으로 황폐해진 마을을 한마음으로 되살린 이야기 속 인물들처럼 우리도 그럴 수 있기를 바라 봅니다.